필사적인 글쓰기 특강

새봄출판사

필 사 적 인   글 쓰 기

필 사 적 인 글 쓰 기   **특 강** 순 서

들어가는 산문 _ 9

개정판 서문 _ 15

1강 강의를 시작하며 _ 31

2강 필사적인 글쓰기 _ 37

3강 붉은 운동장과 스마트폰 _ 55

4강 글쓰기란 _ 81

5강 글 잘쓰는 방법 _ 91

6강 필사 잘하는 방법 _ 105

7강 필사적인 한국현대문학사 1 _ 111

8강 필사적인 한국현대문학사 2 _ 141

9강 필사적인 한국현대문학사 3 _ 169

너에게 보내는 글 _ 186

0

들어가는 산문

당신이 아침에 눈을 떴을 때, 잠시 어제의 기억은 떠오르지 않는다. 그러다 어떤 장면이 떠오르고 연쇄작용처럼 어제의 일들이 어지럽게 머릿속을 가득 채운다. 당신은 '어제'라는 것이 존재하지 않는 사물이었으면 좋겠다고 생각한다. 당신은 문득 창밖의 자동차 경적소리를 듣기도 하고, 그것이 어쩌면 허공 속을 떠다니고 있는 음악소리가 아닐까 상상하기도 한다. 밤의 냉기가 사라지지 않은 오늘의 바닥으로 당신은 두려운 발을 내려놓는다. 차갑다.

당신이 카페의 문을 열고 들어오자 늙은 가게주인은 당신을 반겨준다. 당신은 창밖의 거리가 잘 바라보이는 자리에 가서 앉는다. 그곳은 당신이 늘 앉는 자리다. 당신은 가방 안에서 펜과 수첩을 꺼내 무엇인가를 적으려다가, 불현듯 지금 이 순간이 매우 불쾌하다고 느낀다. 그것이 어떤 종류의 감정인지는 당신 자신도 모른다. 다만 아주 오랫동안 겪어왔던 막막함, 지루함, 조급함, 두려움이 뒤섞인 어떤 감정이라는 사실은 분명히 인식할 수 있었다. 당신은 다시 가방 안에 수첩과 펜과 불쾌한 마음을 집어넣는다. 당신은 카페 주인이 가져다준 커피를 마시며 창밖의 거리를 바라본다. 거리는 한산하면서 북적인다. 거리는 차가우면서 따뜻한 입김들로 가득하다. 거리는 무정하면서도 여전히 서로를 끌어안은 채 거리를 걷는 연인들을 허락한다. 당신은 외롭다. 아니, 당신은 외롭지 않다.

점심에는 그와의 약속이 예정되어 있다. 당신은 거리를 걷는다. 문득 당신은 당신의 입 속에서 흘러나오는 한 움큼 정도의 미지근한 입김을 발견한다. 의도하지도, 절제하지도 않은 입김이다. 거리가 당신의 체온보다 차갑거나, 당신이 거리의 체온보다 뜨겁거나 둘 중 하나의 경우라고 당신은 단정 짓는다. 당신은 다시 한 번 허공 위로 입김을 후우-- 하고 내뱉는다. 식당 앞에서 당신을 기다리고 있을 그를 향해 당신은 걸음을 재촉한다. 당신의 걸음은 검게 물든다. 밤이 오고 있었다. 당신은 그와의 약속을 지키지 않았다. 당신은 집으로 돌아와 곧장 책상 앞으로 달려갔다. 책상은 당신 앞에 길고 지루한 사막처럼 펼쳐졌다. 당신의 발자국이 사막의 모래 위를 성큼성큼 걸어 나가기 시작했다.

갈증을 느낀 당신은 손가락을 깨문다. 당신이 풀어놓아야 하는 것, 당신이 끄집어내야 하는 것, 당신이 진심으로 고백해야 하는 것들을 당신은 온 힘을 모아 배설한다. 당신은 글을 쓴다. 그는 여전히 식당 앞에서 당신을 기다리고 있을까. 당신을 기다리며 검은 밤이 되고 있을까. 당신이 지켜야 하는 모든 약속들을 당신은 거리에 두고 왔다. 그것들은 거리 위에서 검게 썩어가고 있을 것이다. 이제 당신은 쓰는 것에 더욱 집중한다. 이 순간이 지나면 절대 할 수 없는 것들을 당신은 용기를 내어 하고 있다. 그래서 당신은 지금 이 순간이 매우 행복하다고 느낀다. 그것이 어떤 종류의 감정인지는 당신 자신도 모른다. 다만 아주 오랫동안 억눌려왔던 막막함, 지루함, 조급함, 두려움이 뒤섞인 묘한 쾌락 같은 감정이라는 사실은 분명히 인식할 수 있다. 당신은 이제 절실하다. 당신은 시작한다.

0

개정판 서문

강의를 다시 시작하며

    글을 잘 쓰는 방법은 간단하다. '잘 쓰는 척' 하면 된다. 말장난 같지만, 이것은 사실이다. 우리가 무엇에 대하여 아는 척을 하기 위해서는 그것의 기본 원리를 꿰뚫고 있어야 한다. 마찬가지로 글 '잘 쓰는 척'을 위해서는 기본기를 잘 다지는 것이 무엇보다 중요하다. 하지만 자신이 글쓰기에 소질이 없다고 생각하는 사람들 대부분은 이 진리를 알지 못한다.

    옷을 잘 입는 방법도 간단하다. 흐트러짐 없는 모습을 보이기 위하여 단추를 잘 잠그면 된다. 사람들에게 자신감 넘치는 사람으로 기억되는 방법도 간단하다. 목을 가다듬고 발음을 분명하게 하면 된다. 사람들은 그 목소리에 압도당해서 나의 빈틈을 발견할 수 없다.

기본을 갖추고 있는 사람을 우리는 흔히 '된 사람'이라고 명명한다. 기본을 갖추고 있다는 말은, 다시 말해서 성숙하다는 말로 이해된다. 글 잘 쓰는 사람을 유심히 관찰하면 그들은 하나 같이 맞춤법과 띄어쓰기에 충실하다는 것을 알 수 있다. 아마도 글쓰기에 대한 오랜 훈련의 과정에서 자연스럽게 기본기가 잘 갖춰지게 되었을 것이다.

반대로, 기본기를 잘 구사하면 '잘 쓰는 척'을 할 수 있다. 그리고 그것은 앞에서도 말했던 것처럼, 독자들을 압도한다. 혹시 단점이 있더라도 견고한 장점으로 그것을 충분히 만회시킬 수 있다. 그리고 '잘 쓰는 척'하는 것을 습관적으로 반복하다 보면 정말로 '잘 쓰는' 경지에 도달할 수 있게 된다.

이 책, '필사적인 글쓰기 특강'은 2015년 송산고등학교에서 수업한 내용을 토대로 같은 해에 집필된 책이다. 그리고 증쇄가 되기까지 무려 10년이 걸렸다. 그동안 나에게 변한 것이 있다면 '절실함'에서 '기본기'로 주제어가 바뀌었다는 것이다.

나는 대학에서 문예창작학을 전공했고, 그래서 10년 전 내 주변에 있는 사람들은 대부분 책을 열심히 읽거나 글쓰기에 익숙한 사람들이었다. 이 책의 초판을 쓰던 시기에는 그래서 '절실함'이라는 단어가 머릿속을 가득 채우고 있었던 것인지도 모른다. 실력과 노력의 여하보다는 절실함이라는 한끗의 차이로 작가가 되거나 되지 못하는 경우가 주변에 많았기 때문이다.

하지만, 이 책이 나온 후 지난 10년 동안 내 주변은 이제 글쓰기와는 거리가 먼 사람들로 인간관계가 재편되었다. 글쓰기에 어려움을 겪거나, 아예 글쓰기와는 무관한 삶을 살고 있는 사람들이 대부분이었다. 그러다 보니 사람들이 글쓰기를 잘하지 못하는 이유가 선명하게 보였다. 그들은 너무나 기본적인 것조차 지키지 않았다. 정확한 문장을 구사하는 것. 맞춤법과 띄어쓰기를 틀림없이 해내는 것. 적절한 위치에 문장부호를 사용하는 것. 이러한 사소한 기본기들은 글쓰기에 있어서 '된 사람'으로 만들어줄 수 있다.

그래서 비록 개정판은 아니지만 증쇄된 이 책의 앞부분에는 그러한 기본기를 익힐 수 있는 내용들을 추가했다. 내가 가리키는 대로 옷 단추를 잘 잠그면 옷을 잘 입을 수 있게 된다. 성우나 아나운서 같은 톤의 목소리를 훈련하면 그 누구라도 사람들 앞에서 주눅이 들지 않고 말을 잘할 수 있다. 내가 가리키는 대로 글쓰기의 기본 수칙들을 몸에 익히고 잘 지키면 분명 '잘 쓰는 척'을 할 수 있고, 그러다 보면 어느 순간 글 '잘 쓰는' 사람이 되어 있을 것이다.

다시 내 이야기로 돌아와서. 나는 지금 높은 계단 위에 있다. 아니 어쩌면 아직 낮은 곳인지도 모른다. 분명한 것은 내 앞에 커다란 벽이 가로막고 있다는 것이다. 앞서 말한 것처럼 나는 '잘 쓰는 척'을 하며 여태껏 살아왔는데, 여전히 그 벽을 넘지 못하고 있다. 넘어야 하는 마음조차도 가지지 못하고 있다. 어렸을 때처럼 절실한 마음 하나로 벽을 뛰어넘기에는 나를 둘러싸고 있는 현실이 너무 복잡하고 고단하다. 그래서 나는 어두운 곳에서 자꾸 넘어졌다. 일어서려고 발버둥 쳤지만 쉽게 일어서지는 못했다. 아니, 발버둥 쳤다고 자기합리화했을 뿐 실제로는 아무것도 하지 않았을지 모른다. 스스로를 극복하기에는 현실이 너무 안갯속이었고, 현실을 극복하기에는 스스로가 너무 나태했다. 결국 그것은 동시적 과제라는 말을 여전히 잊지 않고 있다. 벽을 넘어서기 위해서는 마음을 다잡는 것이 필요했다. 그래서 나는 다시 잊고 지내던 '나의 첫 필사노트'를 꺼냈다.

    필사하는 책을 만들기로 한 것은 대학을 졸업할 무렵이었다. 훗날 내가 책을 만들 수 있는 사람이 된다면 여러 개의 아이디를 실현해 보아야겠다고 생각했었다. 몇 년 후 많은 사람이 모인 자리에서 "책 안에 문학작품 한 편을 그대로 필사할 수 있는 책을 만들려고요."라는 말을 사람들 앞에서 처음 했을 때, 내 말이 재미있는 농담처럼 들렸는지 모두가 웃었다. 그런 책은 아마도 상상도 하지 못했을 것이다. 나는 실물로 만들어서 보여주고 싶었고 그래서 필사하며 읽는 한국 현대문학 시리즈의 첫 책이 세상에 나오게 되었다. 1930년대 한국문학에서 중요한 역할을 했던 이효석, 김유정, 이상의 작품을 수록한 「나의 첫 필사노트」가 출간된 이후 서점가에 '필사책'이라는 새로운 장르가 생겼다. 책 홍보를 위한 강의 활동을 하다 보니 결국 지금의 이 책 「필사적인 글쓰기 특강」도 집필될 수 있었다.

하지만 그러면서도 나는 필사의 진면모를 알지 못했던 것 같다. 어렵고 힘들다는 것만을 알았고, 손으로 무엇을 쓸 수 있는 사람들에게나 어울린다고 막연하게 생각했던 것 같다. 하지만 10년이라는 시간이 흐르는 동안, 두껍고 커다란 벽 앞에서 그것을 넘어서지 못하고 있는 동안, 필사가 얼마나 큰 힘이 되는지 분명하게 깨달았다. 어느날, 머릿속이 복잡해서 아무것도 하지 못하는 순간, 어렸을 때 읽던 짧은 시를 노트에 옮겨 적어보았다.

아무도 그에게 수심을 알려준 일이 없기에
흰 나비는 도무지 바다가 무섭지 않다

청(靑)무우밭인가 해서 내려갔다가는
어린 날개가 물결에 절어서
공주처럼 지쳐서 돌아온다

삼월의 바다가 꽃이 피지 않아서 서글픈
나비 허리에 새파란 초생달이 시리다

바다와 나비, 김기림, 1939.

'바다와 나비'를 필사하며 다시 읽어 보니, 나비의 시린 허리를 볼 줄 아는 시인의 눈이 부러웠다. 이 시는 짧고, 더욱이 교과서에 실려 있어서 누구나 다 아는 작품일 것이다. 하지만 옛 시대의 작품이 아니라 지금 이 시대, 바로 오늘 누군가가 나비의 시린 허리에 대하여 발견하고 말하게 된다면, 그 사람은 어떤 표정을 하고 있을까 궁금해졌다. 나는 그것을 상상하게 되었고, 그 표정을 가진 사람 곁에 다가가서 대화를 나누고 싶어졌다. 나비의 시린 허리를 볼 줄 아는 사람이라면 숫기 없는 내가 먼저 다가가서라도 말을 걸고 표정을 관찰하고 대화 나누고 싶어졌다.

긴 세월을 오랑캐와의 싸움에 살았다는 우리의 머언 조상들이 너를 불러 '오랑캐꽃'이라 했으니 어찌 보면 너의 뒷모양이 머리 태를 드리인 오랑캐의 뒷머리와도 같은 까닭이라 전한다

아낙도 우두머리도 돌볼 새 없이 갔단다
도래샘도 띠집도 버리고 강 건너로 쫓겨갔단다

고려 장군님 무지무지 쳐들어와

오랑캐는 가랑잎처럼 굴러갔단다.

구름이 모여 골짝 골짝을 구름이 흘러

백년이 몇백 년이 뒤를 이어 흘러갔나.

너는 오랑캐의 피 한 방울 받지 않았건만

오랑캐꽃,

너는 돌가마도 털메투리도 모르는 오랑캐꽃

두 팔로 햇빛을 막아 줄게

울어보렴 목 놓아 울어나 보렴 오랑캐꽃.

오랑캐꽃, 이용악, 1939.

이용악의 오랑캐꽃이라는 시다. 나는 최근에도 사람들 앞에서 이 시를 이야기했다. 그러면서 대학 시절 도서관에서 이 시를 처음 읽으면서 눈물이 핑 돌았던 경험을 말해주었다. 사람들은 도대체 어느 부분에서 눈물이 핑 돌았는지, 도무지 이해할 수 없다는 반응이었다. 조금 어색한 과거식 한글 표현들과 방언들 때문에, 당장은 이 시가 어렵거나 이해되지 않을 수는 있다. 하지만 필사하며 다시 읽어 보아도 여전히 내 마음을 울리는 것이다.

오랑캐와 아무런 관련이 없지만 생긴 것이 그러해서 이름이 '오랑캐꽃'이 되었단다. 더욱이 오랑캐꽃은 자신이 울어야 한다는 것조차 알지 못하고 여태껏 살아왔는데, 시인이 갑자기 다가와서 두 팔로 가려준다는 것이다. 가려줄 테니 울어보란다. 마음껏 울어나 보란다.

울음은 예상하지 못한 곳에서 터지고는 한다. 영화나 드라마가 너무 대놓고 슬프면 눈물이 잘 나지 않는다. 그런데 뜬금없이 마음을 흔드는 어느 순간에 눈물이 왈칵 쏟아진다. 감정이 두껍게 쌓여서 단단해지는 동안 우리는 그것이 슬프다는 사실을 알아차리지 못하기 때문이다. 암세포처럼 딱딱하게 굳은 그것은 죽을 때까지도 정체를 드러내지 않을지도 모른다. 그리고 어쩌면 그것이 죽음으로 가는 과정일 수도 있다. 그러다 문득 예상하지 못한 사소한 어느 지점이 콕, 하고 찔리면, 도저히 주체할 수 없는 슬픔으로 허물어지며 쏟아지게 되는 것이다.

오랑캐꽃이 울 수 있도록 두 팔을 내밀어준 시인의 그 행동이 너무 가슴을 흔들었다. 그 팔은 어떤 팔이었을까. 따뜻했을까 차가웠을까. 그때의 표정은 어땠을까. 웃고 있었을까 울고 있었을까. 너무나도 조그만 꽃에 다가가서 아무도 생각지 못한 그러한 배려를 해줄 줄 아는 사람의 표정은 정말로 어떤 모양이었을까.

나는 넘지 못하는 벽 앞에서 여전히 정체되어 있고, 현실도 스스로도 극복하지 못한 채로 뿌연 안갯속에 있었다. 그러나 조금의 시간을 내어, 잠시 복잡한 머릿속을 비우기 위해 다시 이 두 편의 시를 필사한 것이다. 그러자 시인의 시선과 그 표정이 어떤 것이었을까 생각하게 되었고 마치 옆에 함께 있는 것처럼 너무나도 생생하게 느껴지기도 했다.

2015년. 송산고등학교에서 수업하며 이 책을 집필했는데, 어느덧 10년이 흘렀다. 그때 교실에서 보았던 어린 학생들이 이제는 대학을 졸업하고 어느덧 사회에 나가 각자의 삶을 살고 있을 생각을 하니 한편으로는 놀랍고 신기하기도 하다. 앞으로도 이 책이 더 많은 사람에게 조그만 도움이라도 되었으면 좋겠다.

1. 들여쓰기

글을 시작하거나 문단을 바꿀 때는 무조건 들여쓰기를 해주어야 한다. 글을 쓰기 위해서 가장 먼저 배워야 하는 것이 바로 들여쓰기다. 원고지에 글을 쓰던 시절에는 앞에 한 칸을 비워놓으면 되었는데, 컴퓨터로 글을 쓰는 요즘에는 키보드에서 스페이스바를 두 번 누르면 된다.

2. 맞춤법

글을 자주 쓰지 않는 사람들에게 맞춤법은 어렵기만 하다. 하지만 요즘에는 워드 프로그램에서도 간단한 맞춤법은 교정을 해준다. 블로그에 글을 쓸 때도 맞춤법 검사 기능이 있다. 그래도 잘 모르는 것은 검색 사이트에서 검색을 하면 된다. 웬만해서는 단어의 뜻이나 맞춤법에 대해서 자세하게 설명되어 있다. 최근에는 AI를 활용하는 것도 방법이 될 수 있다.

3. 띄어쓰기

띄어쓰기도 한글 맞춤법에 엄연한 규정이 있다. 어휘마다 띄어쓰기 방식도 달라지는데 이것도 마찬가지로 워드 프로그램이나 인터넷에서 간단하게 교정받을 수 있다. 중요한 것은, 띄어쓰기 실수로 인해서 문장의 의미가 달라질 수도 있다는 것이다. 말이 어눌한 외국인들의 이야기를 제대로 이해할 수 없는 것처럼, 띄어쓰기 실수가 잦으면 글의 문맥을 제대로 이해할 수 없도록 하는 요인이 된다.

4. 문장부호

마침표. 쉼표. 물음표. 느낌표 등 문장부호도 적절하게 사용해야 한다. 인터넷을 통해 자유로운 글쓰기가 가능하다 보니 문장부호를 아무렇게나 사용하는 경우가 많다. 쉼표와 마침표는 생략해서는 안 된다. 물음표는 질문하는 문장에서 사용해야 하는데, 두 개나 세 개를 사용해서는 안 된다. 느낌표는 되도록 사용을 자제해야 한다. 물결표와 같은 기타 문장부호는 아예 사용하지 말아야 하는 경우가 더 많다. 잘못 사용하면 글의 권위를 허물어뜨리며 미완성의 글처럼 보이도록 만들 수 있기 때문이다.

5. 자간과 행간

모든 보이는 텍스트에는 의미가 있다. 의미가 없다면 지워야 맞는 것이다. 그래서 단어나 문장 중에서 불필요한 것들을 지워야 한다. 그런데 보이지 않는 텍스트도 의미를 가지는 경우가 있을 수 있다. 우리는 이것을 콘텍스트(context)라고 부른다. 때로는 의도적으로 생략을 해서 의미를 더 크게 증폭시키는 역할을 하기도 한다. 그래서 자간이나 행간에도 의미를 부여하는 연습을 할 필요가 있다. 모든 것들을 너무 설명하려고 하기보다는 감추고 건너뛰는 것도 기술적인 면에서 중요하게 작용할 수 있다. '나는 슬프지 않아'라고 말하는 사람의 슬픈 표정을 바라보며 우리는 그 사람의 말 속에 숨겨진 행간의 의미를 유추해 볼 수 있는 것이다.

6. 비유

글쓰기는 나와 다른 생각을 지닌 사람들에게 내가 가진 생각을 효과적으로 설득하는 소통의 기술이다. 그렇기에 모든 글에는 비유를 적절하게 사용해야 할 필요가 있다. 비유를 사용하는 방법은 단순하다. 대상과의 적절한 거리를 유지하는 것이 핵심이다. 대상과 너무 가까우면 유치해지고 감상적이 되지만, 또한 대상과 너무 멀리 있으면 난해하고 소통 불능의 언어가 되고야 만다. 비유를 잘 사용하기 위해서는 책을 많이 읽을 필요가 있다.

7. 이모티콘

인터넷 글쓰기에 익숙해져 있다 보니, 이모티콘을 대체할 수 있는 언어를 종종 찾지 못하는 경우가 있다. 이를테면 'ㅋㅋㅋㅋㅋ'을 글에서는 어떻게 표현해야 할까. 채팅할 때는 갖가지 이모티콘을 사용해서 내 감정 상태를 효과적으로 전달할 수 있겠지만, 글을 쓰기 위해서는 대체할 수 있는 언어를 사용해야만 한다. 정확한 단어, 정확한 맞춤법을 구사해야만 글쓰기가 가능해진다.

8. 주제 또는 시선

글을 쓴다고 해서 모든 텍스트가 좋은 글이 될 수는 없다. 내가 무엇을 말하려고 하는지, 어떤 방식으로 그 주제를 바라보고 있는지가 중요하다. 그래야지만 독자들에게 공감을 얻을 수 있다. 우리가 영상을 볼 때 어떤 맥락인지 어떤 흐름인지 도무지 감을 잡지 못하는 경우가 있다. 아무런 주제가 없는 영상을 볼 때는 시간 낭비라고 생각하게 되는 것이다. 글쓰기도 마찬가지다. 내가 말하려고 하는 것을, 하나의 주제로 묶어서 표현 해낼 수 있어야 한다. 그리고 작가의 시선이 주제 의식과 독창성 모두를 결정한다. 모든 사람이 다 똑같이 바라보는 것을 보아서는 안 된다. 자신만의 방식으로 진지하게 바라보고 그것을 글로 쓸 수 있어야 한다.

9. 끊임없이 고치기

　말과 다르게 글은 고칠 수 있어서 정말 다행이다. 글쓰기에 어려움을 가지고 있다고 해도 내가 쓴 글을 사람들에게 공개하기 전까지는 무한대로 고칠 수 있다. 아는 지인에게 살짝 보여주고 의견을 청취한 후 수정하는데 참고할 수도 있다. 때로는 여러 사람과 합평하는 과정을 통해서 보다 더 전문적으로 수정할 수도 있다. 아무리 글쓰기에 능숙한 작가라도 초고는 어색한 문장이나 틀린 단어, 비문이 많다. 하지만 작가는 글이 완성되기 전까지 끊임없이 고치는 과정을 견딘다. 우리가 인상 깊게 읽은 모든 글도 수없이 고치고 고친 결과물이다.

이 책을 구매한 독자들은 누구나 아래 링크를 통해 대화방에 들어와 글쓰기에 대한 고민을 함께 나누고 이야기 나눌 수 있습니다.

1

1강

강의를 시작하며

 "왜?"라는 질문을 받으면 당혹스럽다. 더욱이, "당신은 왜 쓰는가?"라는 질문을 받았을 때 나처럼 말재주가 없는 사람은 무척 난감해지곤 한다. 작가와 같은 '쓰는 직업'을 가진 사람이었다면 모르겠으나, 그저 쓰고 있기 때문에 '쓰는 존재들'인 우리에게는 그 질문이 어쩔 수 없이 불편하게 느껴진다. 글을 쓰기 시작한 '계기'는 있어도, 글을 쓰는 '이유'란 딱히 생각나는 것이 없다.

 그래도 대답하지 않을 수 없으니까, "작가가 되고 싶어서"라고 대충 둘러댄다. 그럼 또다시 "당신은 왜 작가가 되고 싶어 하는가?"라는 질문이 날아든다. 그러나 이번에는 비교적 쉬운 대답을 내놓을 수 있을 것 같다. "내가 작가였다면, 지금처럼 '왜'라는 질문을 받지 않았을 테니까."라고 말하면 되지 않을까.

공인을 받는다는 것은 얼마나 든든한 일인가. 직업이기에 별다른 이유가 없어도 글을 쓸 수 있는 존재들이 바로, 작가다. 그러나 작가가 되지 않고 그저 취미로만 쓴다거나 스스로 위안을 받기 위해서 혼자만의 글쓰기를 한다는 사람들은 모두 거짓말이다. 그럴 것이라면 언어라는 매개체를 사용할 이유는 굳이 없으니까. 사람들에게 보여주고, 비평을 받고, 더 좋은 창작물을 쓰기 위해 노력하는 것이 '우리들'의 존재 목적이다. 나를 비롯한 여러분은, 현재 글을 쓰고 있지만 작가는 아닌, 작가가 되고 싶어 하는 존재들이고, 그렇기에 그와 같은 '절실함'이 없는 누군가는 지금 당장 이 자리를 떠나도 좋다. 작가가 되려는 것은 아니지만, 비슷한 '절실한 마음'을 가진 여러분은 굳이 자리를 떠나지 않아도 된다.

'필사적인 글쓰기'라는 강연의 제목은 사실, 모호한 의미를 내포하고 있다. 특히 '필사'라는 단어에는 여러 가지의 뜻이 있다. 사전을 찾아보면 아래와 같은 두 개의 풀이가 나온다.

1. 필사(必死) : 반드시 죽음. 또는 죽을 각오를 하고 노력함.
2. 필사(筆寫) : 베껴 쓰다.

첫 번째 필사는 '죽을 각오를 하고 노력한다'는 뜻이다. 실생활에서도 "늦지 않기 위해 필사적으로 뛰어갔다"와 같은 문장은 자주 사용된다. 그 말을 바꾸어 말하면 '절실함'이 되는데, 그래서 결국 첫 번째 필사의 의미는 '절실함'이라고 할 수 있다.

1. 필사(必死) = 절실함

두 번째 필사는 '베껴 쓰다'라는 의미다. 인쇄술이 발달하지 않은 과거에는 책을 만들기 위해 종종 이 방법을 쓰곤 했다. 또한 종교나 정치적인 이유 때문에 읽을 수 없었던 금서들을 비밀리에 돌려 읽기 위하여 택한 방법이기도 했다. 어쨌든 활자에 잉크를 묻혀 대량으로 책을 찍어내는 인쇄술과는 다르게 이것은 무척이나 고된 작업이었다. 특히 불태워지는 책들을 보존하기 위해 하는 필사는 간혹 목숨을 담보로 해야만 하는 위험한 것이기도 했다. 다시 말해서 두 번째 의미로서의 필사 또한 '절실함'이 없다면 결코 이루어낼 수 없는 힘든 작업이었다.

현대에 들어와서 이 '필사'는 문학작품을 옮겨 적으며 어휘력과 문장을 연습할 수 있는 '글쓰기'의 한 방법이 되었다. 학창시절 체벌의 한 방법으로 '깜지' 숙제를 당해본 사람이라면 모두 공감하겠지만, 이 옮겨 적는다는 행위도 무척이나 힘든 일이다. 그렇기에 이 또한 '절심함'이라는 단어로 귀결되어진다.

2. 필사(筆寫) = 절실함

문학작품 한 편을 필사하는 일에는 손가락이 빠져나갈 것만 같은 고통이 따른다. 어느 유명한 작가는 "기성 작가의 문체를 빠른 시간 안에 습득할 수 있는 필사는 좋지 않다"라고 이야기하기도 하지만, 그러나 자신이 본받고 싶은 작가의 문체를 '빠른 시간 안에' 습득하기 위해 그만큼의 고통을 감내해야만 하는 그 마음은 또한 얼마나 절실한 것인가.

그래서 '필사적인 글쓰기'는 다시 말해서 '절실함의 글쓰기'다. 이 강의는 여러분과 함께 필사를 하며 글쓰기에 대한 절실한 마음을 되새기는 시간이다. 그렇기에 이 강의는 아마도 대단한 결과물을 여러분에게 드리지는 못할 것이다. '쓰는 존재'일뿐인 나와 여러분들 마음속에 그저 작지만 강렬한 불씨 하나를 나누어 심고 싶을 뿐이다.

아무쪼록 아직까지도 떠나지 않고 자리를 지켜주고 있는 모든 분들에게 나름대로 의미 있는 시간이 되었으면 한다.

2

2강

필사적인 글쓰기

　내가 '필사하는 책'을 처음 만들기는 했지만, 직접 필사를 해본 경험은 그리 많지 않다. 스무 살 때, 대학 수업 과제로 김승옥의 '무진기행'과 이성복의 '뒹구는 돌은 언제 잠깨는가'를 필사한 경험이 어쩌면 유일한 것인지도 모른다. 그러나 그 두 작품은 아직까지도 나에게 제일 좋아하는 작품으로 남았을 정도로 그 기억은 강렬했다.

　책 안에 직접 필사할 수 있는 책을 만들겠다는 아이디어는 그래서 어쩌면 스무 살 때, 무진기행을 필사하던 그 도서관에서 처음 가졌었는지도 모르겠다. 책을 보며 공책에 옮겨 적는 것보다 책 안에 직접 옮겨 적을 수 있다면 손이 좀 덜 아프지 않을까, 하고 생각했었는지도 모르겠다.

물론, '무진기행'과 '뒹구는 돌은 언제 잠깨는가'처럼 한 시대를 대표하는 작가들의 작품을 책으로 만든다는 것은 당시의 나로서는 꿈같은 일이었기에 그 아이디어는 아마도 도서관 어디쯤, 사소하게 잊혀질만한 어느 깊은 곳에 그냥 꽂아두고 말았을 것이다. 그러나 십 년 동안 나에게는 많은 일들이 있었다. 허영심만 가득한 문학청년이었다가 감상에 빠진 우울한 이십대가 되었고, 무턱대고 시작한, 그래서 늘 방황하는 '출판사업가'가 되었다.

출판사업을 시작한 후로도 다시 오랜 시간이 흐른 뒤에, 문득 '필사하는 책'의 아이디어를 떠올렸다. 대학을 졸업한 후로도 종종 기웃거리곤 하던 대학 도서관에서였을 것이다. 그것은 어쩌면 스무 살 시절의 향수이거나, 허영심 가득하던 시절에 대한 미련이었을 수도 있다.

하지만 이 '필사하는 책'의 아이디어는 사람들에게 그다지 매력적이지 못했던 것 같다. 처음 "필사를 공책에 하지 않고 책 안에 직접 할 수 있는 책"을 만들겠다고 이야기했을 때, 그 이야기를 들은 선배는 묵묵히 무언가를 생각하다가는 관심 없는지 아예 다른 이야기로 화제를 돌려버렸다. 두 번째로 이야기를 들은 사람은 "글쎄, 잘 모르겠다"는 식의 대답을 했고, 그것은 다른 사람들도 마찬가지였다. 매년 우수한 기획을 선별하여 출판을 지원해주는 지원사업이 있는데, 그곳에도 두 번이나 응모해봤지만 본심에 조차 오르지 못했다.

최근의 언론보도를 보면 '작년에 비해서 40종 넘는 필사책이 출간되었다'라는 식의 글을 읽을 수 있는데, 이것은 틀린 것이다. 작년(2014년)에는 '필사책'이란 것이 존재하지 않았다. 올해(2015년) 1월 15일 드디어 나의 오랜 아이디어로만 머물러 있던 '필사하는 책'을 출간하게 되었는데, 이효석의 '메밀꽃 필 무렵', 이상의 '날개', 김유정의 '봄.봄'을 수록한 〈나의 첫 필사노트〉가 바로 그것이었다. 이 책이 최초로 출간된 '필사하는 책'이었다.

　　책 출간 직후 동아일보와의 인터뷰에서 "필사를 하면 어떤 도움이 되는가?"라는 기자의 질문에 나는 "문장력 외에도 명상을 하는데도 도움이 된다"라는 이야기를 했다. 당시에 나는 개인적으로 명상 워크숍에 다니고 있었는데, 그때 명상을 가르쳐주시던 스님이 "명상이란, 내가 지금 여기 있다는 사실을 발견하는 것이다. 복잡하고 아픈 생각들에 빠지더라도 보는 것, 듣는 것과 같이 오감을 통해 '지금 여기'로 되돌아올 수 있다. 그것을 '보기 명상', '듣기 명상'이라 이름 붙여도 좋겠다"라는 줄거리의 이야기를 들려주셨다. 그래서 나는 '필사'를 통해 '쓰기 명상'을 할 수도 있겠다고 생각했고, 스님의 말에 착안하여 "필사는 진짜 나를 찾아가는 여정"이라는 제목의 보도자료를 내기도 했다.(이 문장은 이후 출간된 다른 필사책에서 내 허락도 없이 그대로 가져다 쓰기도 했다.) 어쨌든 그 인터뷰 때문이었는지 '필사'는 명상과 힐링의 한 방법으로 취급되기 시작했고, 이제는 서점에서 하나의 장르가 되었다.

'필사하며 읽는 한국현대문학 시리즈'라는 이름으로 지금까지 세 권이 나온 '필사책'은 형식의 독특함뿐만이 아니라 독자들 앞으로 다가가는 방식이라든지 여러모로 새로운 시도를 한 책들이라고 할 수 있다. 〈나의 첫 필사노트〉는 1930년대를 대표하는 작가(이효석, 이상, 김유정)들의 작품을 수록한 책으로, 각각의 작품과 어울리는 총 세 가지의 디자인으로 표지를 만들었다. 책을 펼치면 왼쪽에는 문학작품 텍스트가, 오른쪽에는 필사할 수 있는 공간을 두는 식의 편집을 했는데 이런 형식은 이후 출간된 거의 모든 '필사책'들에서 대부분 수용하고 있다.

〈나의 첫 필사노트 : 무진기행〉은 두 번째로 나온 책으로, 한국 현대문학사에서 가장 탁월한 단편소설로 일컬어지는 김승옥의 '무진기행'을 필사할 수 있는 책이다. 표지를 독자가 직접 꾸밀 수 있도록 하얗게 비워두는 등 이전까지는 없던 독특한 편집을 한 책이기도 하다.

그러나 무엇보다도 중요한 것은 이 책들은 '한국문학'이라는 큰 줄기 위에서 태어났다는 것이다. 이후 출간된 '필사책'들은 작품 선정의 기준이 모호하거나 가볍게 따라 쓸 수 있는 짧고 감성적인 시편들로 채워진 경우가 대부분이었다. 그러나 내가 기획한 '필사책'들은 한국문학사에서 가장 우수한 작품들을 책 안에 직접 필사할 수 있도록 한 것이어서 다른 책들과 구분된다. 스무 살 때부터 짝사랑해오던 '무진기행'을 출간하게 되었던 것도 바로 그런 자부심 때문이었다.

다시 말해서, 내가 말하는 '필사'는 단순히 문학작품을 옮겨 적는 것에서 그치는 것이 아니라, 한국문학사라는 큰 틀 안에서 문학작품을 이해하고 문체와 어휘력을 익히며, 더 나아가 창작으로까지 이어질 수 있도록 하는 것이었다.

필사적인 글쓰기 ① 오버페이스

'폐활량'이라는 말이 있다. 폐는 우리 몸속으로 공기를 받아들여 다시 배출하는 역할을 하는데, 그 양을 폐활량이라고 한다. 폐활량의 크고 작음에 따라 지구력을 발휘할 수 있는 능력이 달라진다. 다시 말해서, 폐활량이 큰 마라톤 선수는 좀 더 먼 거리를 뛸 수 있지만, 폐활량이 작은 선수는 상대적으로 적은 거리를 뛸 수밖에 없는 것이다.

폐활량을 늘리는 방법은 꾸준한 연습에 있다. 하루도 빠짐없이 정해진 양의 훈련을 소화하면 폐활량은 늘어나게 되어 있다. 글쓰기에서도 마찬가지다. 많은 글쓰기 교수들이 이야기하는 것처럼, 예를 들어, 매일 30분 동안 꾸준히 글을 쓰면 글쓰기 능력은 자연스럽게 향상될 수 있다. 게을러지거나 태만해지지 않고 매일 밤, 잠들기 전 5분씩만이라도 독서를 하는 것도 마찬가지로 좋은 방법이다.

'오버페이스'라는 말도 있다. 자신의 페이스(속도)에서 멈추지 않고, 조금 더 뛰는 것을 말한다. 단, 그것은 굉장히 고통스러운 과정이 될 수도 있다. 하지만 그런 오버페이스를 통해서 폐활량을 더욱 빠르게 늘려 나갈 수 있다. 운동선수가 하는 훈련을 예로 들면, 어제 1Km를 뛰었으면 오늘은 100m를 늘려 1.1Km를 뛰고, 내일은 200m를 늘려 1.3Km를 뛰는 방식으로 운동량을 점차 늘려나가면 자신이 가진 폐활량을 좀 더 빠르게 늘릴 수 있다. '이쯤 하면 되겠지'라는 생각을 버리고, 숨이 턱 끝까지 차오를 정도까지 더 뛰는 것. 그래서 내일은 오늘 뛴 거리보다 더 긴 거리를 뛸 수 있는 것. 그것이 바로 오버페이스다.

한 번 늘어난 폐활량은 쉽게 줄어들지 않는다. 그래서 글쓰기에서도 오버페이스를 통해 자신이 원래부터 가지고 있던 능력을 점점 더 늘려 나가야 한다. 어제 30분간 글을 썼다면 오늘은 35분간 쓰는 것이 바로 그런 방법이라고 할 수 있다. 그러면 내일은 40분간 글을 쓸 수 있는 여유가 생길지도 모른다.

필사적인 글쓰기 ② 지독해지기

'진상'이라는 말은 내가 아르바이트를 하던 어린 시절에 처음으로 알게 된 단어다. 옷가게였는데, 몇 시간 동안 여러 벌의 옷을 입어보고 고르는 사람을 '진상'이라는 속어로 불렀다. 그러나 역설적이게도 '진상'들은 옷가게의 가장 귀한 손님이 될 가능성이 크다. 그리고 아르바이트를 하는 옷가게를 벗어나면 알바생인 우리들 자신도 스스로 자처해서 '진상'이 되곤 한다. 남들보다 더욱 꼼꼼하고, 더욱 공을 들이는 일은 처음에는 '진상'이라고 불리며 경멸 받을 수도 있지만, 결국에는 그로인하여 '멋쟁이'가 될 수 있기 때문이다.

글을 쓸 때도 그렇게 '진상'을 떨 필요가 있다. 다시 말해서, 지독해져야만 한다는 것이다. 나에게 글을 쓸 수 있는 일정한 시간이 주어진다면,

그 시간동안 남들보다 더 많은 글을 쓰거나, 더욱 꼼꼼하게 퇴고해야 한다. 그래서 옷가게의 영업시간이 끝나는 순간까지도 옷을 고르고 있는 '진상'이 될지언정 일찍 글쓰기를 포기하고 자리를 뜨는 '밉상'이 되지는 말아야 한다.

진상이 되기 위한 방법으로는 필사도 좋은 방법이 될 수 있다. 글을 쓰기 위해서는 책을 많이 읽어야 하는데 책을 가장 잘 읽을 수 있는 방법이 바로 필사기 때문이다. 특히 독서는 집중력 좋고 성실한 사람이라면 누구든 할 수 있는 것이지만, 필사는 절실한 만큼의 그 고통을 감수해야 하는 작업이기 때문에 아무나 하기 힘든 작업이다.

또한 좋아하는 작품의 문장을 통째로 외우는 것도 방법이 될 수 있을 것 같다. 머릿속에 좋은 문장이 있고, 그것을 온몸으로 받아들여 자기 것으로만 만들 수 있다면 문장력은 크게 향상될 수 있다.

필사적인 글쓰기 ③ 상처받기 ●

　내가 얼마 전에 알게 된 사람 중에 한명은 자신의 꿈이 작가라고 사람들에게 공공연하게 말하고 다닌다. 그리고 작가처럼 이야기 하고, 작가처럼 옷을 입고, 작가 같은 표정을 짓는다. 우리가 생각하는 것보다 그런 사람들은 훨씬 많이 있다. 그런데 문제는 작가의 꿈을 꾼다고 해서 무조건 작가가 될 수 있는 것은 아니라는 사실이다. 내가 말하는 그 사람은 자신이 쓴 시를 합평회에 한 번 들고 갔던 직후부터 다른 사람들에게 시를 보여주지 않거나 아예 쓰지 않는다고 했다. 왜냐하면 상처를 받았기 때문이라고 한다.
　문학을 공부하는 학생들은 '합평회'를 자주 한다. 아직 완성되지 못한 학생들에게는 혼자 쓰는 것보다 여러 사람들에게 작품을 보여주고 의견을 듣는 것이 무척 좋은 경험이 되기 때문이다. 그것은 '혼자 있는 시간'과는 다른 것이다. 글을 쓰기 위해서는 사람들과 어울리는 시간을 잠시 접어두고 혼자 있는 시간을 많이 가져야만 하지만, 합평회와 같이 자신의 작품을 다른 사람들 앞에 보여주고 함께 토론하는 시간에는 적극적으로 나서야 한다.

그런데 많은 학생들은 합평회에서 마음의 상처를 받곤 한다. 다른 사람들 앞에서 자신의 이야기 한다는 것 자체가 마치 사람들 앞에 발가벗고 서는 것처럼 부끄러운 일이기 때문이다. 자신이 몰래 간직해온 속마음을 글로 끄집어내는 것이고, 오랜 시간 공들여서 완성한 글을 처음으로 보여주는 것인데도 사람들은 그 마음을 이해해주지도 않고, 이해해줄 생각도 없다. 게다가 합평회에 나오는 사람들의 대부분은 '귀 명창'이라서 자신의 작품이 형편없는 것은 모르고 다른 사람의 작품을 비평하는 것에만 열을 올리는 사람들도 많다. 그렇기 때문에 합평회에서 마음의 상처를 받는 것은 어쩔 수 없다. 차라리 혼자 쓰고 혼자 만족하고 말지, 라는 생각으로 다음부터 합평회 자리에는 얼씬도 하지 않게 될 수도 있다. 그러나 냉정하게 이야기 하면, 마음의 상처로 더 이상 합평회에 나오지 않는 사람들은 무리에서 도태된 것이며, 작가가 되기 위해 걷는 길에서 낙오한 것이다. 안타깝지만, 그들은 앞으로 글을 쓰지 못할 가능성이 다분하다.

상처는 받으라고 있는 것이다. 내가 잘 쓴다고 생각하는 오만을 버려야 한다. 그리고 겸손해져야 한다. 비평을 두려워한다면 장차 작가는 절대로 꿈꿀 수 없을 것이다. 작가란, 비평을 받아야만 하는 존재들이기 때문이다. 합평회에서 자신의 작품이 마구 짓밟히더라도, 그것을 밑거름 삼아서 다음에는 짓밟히지 않을만한 단단하고 견고한 작품을 쓰면 된다. 기어코 그런 작품을 써내면 된다. 상처를 받기 싫어서 도피해버렸으면서도 끝까지 작가가 꿈이라고 말하는 것은, 그것은 결국 허영일 뿐이다. 작가라는 허영된 꿈을 꾸는 사람들은 우리가 생각하는 것보다 훨씬 많다. 그것이 허영이 아니라 정말로 꿈이 되기 위해서는 상처 받는 것을 두려워해서는 안 된다. 아니, 상처를 받아야 한다. 그리고 인정해야 한다. 내 작품이 아직 형편없다는 사실을.

상투적인 비유지만 '비 온 뒤에 땅이 굳는다'와 같은 말도 있다. 넘어지고, 뾰족한 곳에 찔려도 보면서 아이들의 인지능력은 발달한다. 한 번 상처 났던 자리에는 더욱 단단한 살이 돋는다.

필사적인 글쓰기 ④ 현실과 스스로를 바꾸는 것은 동시적 과제

나는 강원도 화천에 있는 부대에서 군 생활을 했는데, 앞뒤로 산이 가로막고 있는, 그야말로 오지와 같은 곳이었다. 군대에 처음 들어가게 되면 모자(전투모), 군복(전투복), 군화(전투화) 등을 먼저 보급 받게 되는데, 훈련소에서는 물자가 부족해 간혹 자신의 사이즈와 다른 물건을 받게 되는 경우가 종종 있었다. 예를 들면, M(95) 사이즈의 옷을 입는 사람이 XXXL(120) 사이즈의 옷을 받게 되는 경우가 그랬는데, 평균 신장에 속해있던 나는 다행히도 내 치수에 맞는 모자와, 옷, 군화를 받을 수 있었다. 교관은 물건을 나눠주며, "이곳에서는 보급 받은 물건을 훔쳐가는 일이 빈번하니 반드시 옷, 모자, 신발에 자신의 이름을 적어놓으라"고 신신당부를 했다. 나는 모자와 옷에는 이름을 써넣었지만, 군화만큼은

조금 더 새 신발을 유지하고 싶어 했고, 그래서 이름 적는 일을 계속 뒤로 미루고만 있었다. 군화는 특히 내 발 치수에 딱 맞았고, 왠지 모르게 다른 사람들 것보다 더 많은 광이 나는 것 같이 보였다. 그런데 며칠 뒤. 생각지도 못한 일이 벌어졌다. 내 군화가 사라지고 대신 내 발 치수보다 두 치수나 큰 신발이 내 군화가 있던 자리에 놓여있었던 것이다. 이름을 쓰지 않았기 때문에 찾을 수도 없었다. 교관은 훈련소에서 퇴소한 뒤 자대배치를 받으면 새 군화로 교환하라는 식의 이야기만 할 뿐이었다.

큰 치수의 신발을 신다보니 여러모로 어려움이 따를 수밖에 없었다. 자대 배치를 받은 후 새로 보급 받은 군화는 고참들에 의해 '휴가용'으로 사용하라며 관물대 안으로 들어가버렸다. 이등병이었기 때문에 의사표현도 제대로 할 수 없었다. 발이 조금 아프긴 했지만, 계급이 오르고 사람들과 더 친해지면 그때가서 새 신발로 바꾸면 되겠지, 하고 생각했다. 그렇게 혹한기 훈련이 시작되었는데, 첫날 행군 때부터 발톱이 빠지고 뒤꿈치에 피멍이 들기 시작했다. 이백 미터를 남겨놓고는 탈진증세 때문에 더 이상 걸을 수도 없었다. 고지까지 이십 킬로미터를 행군해서 갔는데, 겨우 백 미터를 남겨놓고 그대로 쓰러져버렸다. 군 생활의 시작부터 '낙오'를 해버리고 만 것이다. 그래서 나에게는 '체력이 약하다'라는 선입견이 군 생활을 하는 동안 꼬리표처럼 따라다녔다. 치수에 맞지 않는 신발 때문이었으니 조금 억울하기도 했다. 하지만 한 번 찍힌 낙인은 쉽게 사라지지 않았다.

일 년이 지나, 상병이 되었을 때, '분대장'이 되기 위한 과정을 밟기 위해 교육대에 입소했다. 사실, 체력이 약하다는 선입견 때문에 소대장과 부사관 사이에서는 나를 교육대에 보내야 하는지 말아야 하는지를 놓고 의견이 분분했다고 한다. '분대장'이란, 병사들 중에 대장 격으로, 유일하게 '지휘'를 할 수 있는 권한이 주어진다. 특히 교육대에 들어가서 5등 안에만 들면 부대에 복귀하자마자 포상휴가를 보내주는 특례를 주었다. 그래서 나는 분대장 교육대에서 좋은 성적을 거둬, 나의 군생활의 반전이 되게 하고 싶었다.

내가 택한 방법은 딱 한 가지였다. 그냥, 미치는 것이었다.

앞서 교육대에 다녀온 선임들의 이야기를 들으면, 목소리가 큰 사람이 더 높은 점수를 받는다는 것이다. 모든 시험 방식은, 교관이 질문을 하면 두 사람이 동시에 답을 말하고, 그중에서 한 사람에게만 높은 점수를 주고, 상대적으로 못한 사람에게는 가장 낮은 점수를 주는 식이었다. 아마도 시간을 절약하기 위해서 고안해낸 방식이 아니었을까 생각된다.

당시 나는 집에서 택배로 보내온 '창작과 비평'이라는 문학잡지를 보고 있었는데, 어느 평론가(최원식)의 글에서 '현실과 스스로를 바꾸는 것은 동시적 과제다'라는 문장을 발견했고, 그 말이 마음에 들어, 교육대에 들어갈 때도 그 문장을 수첩에 메모해서 갔다. (이것은 지금까지도 나의 좌우명으로 남아있다.) 그리고 시험을 보기 전, 우연히 화장실에 적힌 '명언'을 발견하고 나는 또 수첩에 적어 넣었다. '진실한 노력은 결코 자신을 배신하지 않는다'라는 말이었는데, 누구의 명언인지는 기억나지 않지만, 교육대에서 훈련을 받는 동안 나는 그 문장을 속으로 외우며 다녔다.

그리고 드디어 시험이 시작되었다. 나는 우선 내가 내지를 수 있는 가장 큰 목소리로 꽥 소리부터 질렀다. 그러자 옆에 있던 다른 교육생은 어안이 벙벙해져서 아무 말도 하지 못했다. 그리고 나는 계속 소리 지르다시피 답을 말했고, 그바람에 나와 함께 시험을 본 교육생은 준비해온 말을 모두 잊어버리고 말았다. 뒤에서 시험을 보기 위해 줄서있던 다른 교육생들은 나를 대신하여 민망한 표정을 지어주었다. 결국 나는 높은 점수를 얻어 사단장 표창을 받았고, 부대로 복귀하자마자 포상휴가를 떠날 수 있었다.

현실과 스스로를 바꾸는 것은 동시적 과제다. 다시 말해서, 현실을 바꾸기 어려우면 스스로를 바꾸면 되고, 스스로를 바꾸기 어려우면 현실을 바꾸면 된다. 아니, 그것은 결심하는 순간과 동시에 모두를 바꿀 수 있다. 상황이 어려우면 그것을 극복할 수 있는 방법을 찾아야 한다. 그리고 노력해야 한다. 진실한 노력은 결코 자신을 배신하지 않으니까.

3

3강 ●

붉은 운동장과 스마트폰

여러분을 위해 두 편의 시를 준비해왔다. 대학시절 내가 처음으로 필사했던 시집인 이성복 시인의 '뒹구는 돌은 언제 잠깨는가'에 수록된 시 두 편이다. 이 작품들은 1980년대에 발표된 것들이지만 여전히 새롭고 충격적이며, 여전히 아름답다. 그것은 교과서에서 배우는 시들과는 다른 분위기를 지닌 작품이기도 하지만, 우리가 흔히 생각하는 시의 이미지와는 다른 이미지를 보여주고 더 나아가 그것을 통하여 이루어지는 사유가 매력적이기 때문이다.

이 책에서는 이성복 시인의 시 두 편을 필사할 수 있도록 왼쪽 페이지에 공간을 제공했다.

이성복, 〈어떤 싸움의 기록〉, 〈이제는 다만 때 아닌 때 늦은 사랑에 관하여〉, 《뒹구는 돌은 언제 잠깨는가》 (문학과지성사, 1980)

어떤 싸움의 기록

그는 아버지의 다리를 잡고 개새끼 건방진 자식 하며
비틀거리며 아버지의 샤쓰를 찢어발기고 아버지는 주먹을
휘둘러 그의 얼굴을 내리쳤지만 나는 보고만 있었다
그는 또 눈알을 부라리며 이 씨발놈아 비겁한 놈아 하며
아버지의 팔을 꺾었고 아버지는 겨우 그의 모가지를
문 밖으로 밀쳐냈다 나는 보고만 있었다 그는 신발 신은 채
마루로 다시 기어 올라 술병을 치켜들고 아버지를 내리
찍으려 할 때 어머니와 큰누나와 작은누나의 비명,
나는 앞으로 걸어 나갔다 그의 땀 냄새와 술 냄새를 맡으며
그를 똑바로 쳐다보면서 소리 질렀다 죽여 버릴 테야
법도 모르는 놈 나는 개처럼 울부짖었다 죽여 버릴 테야
별은 안 보이고 갸웃이 열린 문 틈으로 사람들의 얼굴이
라일락꽃처럼 반짝였다 나는 또 한번 소리 질렀다
이 동네는 법도 없는 동네냐 법도 없어 법도 그러나
나의 팔은 죄 짓기 싫어 가볍게 떨었다 근처 시장에서
바람이 비린내를 몰아왔다 문 열어 두어라 되돌아올
때까지 톡, 톡 물 듣는 소리를 지우며 아버지는 말했다

이제는 다만 때 아닌, 때 늦은 사랑에 관하여

이제는 송곳보다 송곳에 찔린 허벅지에 대하여
말라붙은 눈꺼풀과 문드러진 입술에 대하여
정든 유곽의 맑은 아침과 식은 아랫목에 대하여
이제는, 정든 유곽에서 빠져 나올 수 없는 한 발자국을
위하여 질펀이는 눈길과 하품하는 굴뚝과 구정물에 흐르는
종소리를 위하여 더럽혀진 처녀들과 비명에 간 사내들의
썩어가는 팔과 꾸들꾸들한 눈동자를 위하여 이제는
누이들과 처제들의 꿈꾸는, 물 같은 목소리에 취하여
버려진 조개껍질의 보라색 무늬와 길바닥에 쓰러진
까치의 암록색 꼬리에 취하여 노래하리라 정든 유곽
어느 잔칫집 어느 상갓집에도 찾아다니며 피어나고
떨어지는 것들의 낮은 신음 소리에 맞추어 녹은 것
구부러진 것 얼어붙은 것 갈라터진 것 나가떨어진 것들
옆에서 한 번, 한 번만 보고 싶음과 만지고 싶음과 살 부비고 싶음에
관하여 한 번, 한 번만 부여안고 휘이 돌고 싶음에 관하여
이제는 다만 때 아닌, 때 늦은 사랑에 관하여

교과서에서 우리가 배우는 시는 주로 1960년대 이전의 작품들이다. 그러나 그 이후로도 많은 시와 시인들이 나왔고, 문학적 흐름도 시대에 따라 변천하였으며, 더욱이나 아직까지도 꾸준히 발전해나가고 있다. 교과서에 실린 시들은 그래서 시에 대한 오해나 편견을 낳는 경우가 많다. 그렇기에, 이성복 시인의 시는, 시를 처음 공부하는 학생들에게는 매우 요긴하다.

'어떤 싸움의 기록'을 처음 읽었을 때는 충격 그 자체였다. '개새끼', '씨발놈'과 같은 욕설이 나오는데, 시에서도 이런 단어들을 쓸 수 있다는 것에 놀랄 수밖에 없었다. 그러나 욕설이 나온고 이 시를 잘 쓴 시라고 말하는 것은 아니다. '어떤 싸움의 기록'은 아버지와 아들이 싸우는 내용이다. 그러나 왜 싸우는지, 무슨 사정이 있는지에 대하여 상황을 구구절절 설명하지 않는다. 단지 그것을 보여주기만 할 뿐이다. 그럼에도 불구하고, 독자들은 그 상황과 분위기를 충분히 짐작하고, 감정을 이입한다. 아버지와 아들이 나누는 욕설은 상황 묘사를 더욱 생동감 있게 만들기 위한 일종의 장치다.

'이제는 다만 때 아닌, 때 늦은 사랑에 관하여'는 사랑에 관한 시다. 하지만 우리가 흔히 생각하는 사랑의 이미지가 아닌, 어둡고 그로테스크한 이미지로 사랑에 대해 이야기 하고 있다. 이성복 특유의 운율감과 어우러지며 이 시는 낯설지만 충분히 아름답고 충분히 공감할 수 있는 사랑의 어느 지점을 포착해내고 있다.

다음 단어를 이용하여 한 편의 시를 써보세요

단어 :

하늘,

검은 새벽,

붉은 운동장,

스마트폰,

눈동자,

그림자,

발자국,

꽃

'나의 첫 필사노트' 출간 이후, 신촌에서 '필사적인 글쓰기 특강'이라는 이름으로 강의를 하게 되었고, 그것을 계기로 전국에 있는 몇몇 도서관에서 같은 이름으로 강의 했다. 하지만 고등학생을 대상으로 독서수업을 하게 된 것은 어찌 보면, 생각지도 못한 일이었다. 경기도 화성에 위치한 송산고등학교였는데, '필사적인 글쓰기'와 학생들의 '독서시간' 사이에 존재하는 거리는 참으로 멀었다.

첫 수업 때는 여러모로 난감하지 않을 수 없었다. '독서시간'은 주로 자율학습이나 보충수업을 대신하는 시간이었는데, 아무런 예고도 준비도 없이 글쓰기 강의를 한다고 하니, 학생들은 지금 저 사람이 무슨 소리를 하는지 영 감이 오지 않는다는 눈빛이었고, 학생들을 대상으로 처음 강의를 해보는 나 또한 내가 지금 여기서 무얼 하고 있는 건지 싶었다.

포도가 유명한 고장인 송산은 화성에서도 서쪽으로 한참을 들어가야 나오는 곳이다. 학교에는 배구부가 있었고, 나름대로 큰 체육관도 가지고 있었다. 하지만 학생 수는 적어서 한 학년에 4개 씩의 반이 있었고, 모두 남녀합반이었다. 내가 나온 고등학교는 도시에 있었다. 남자반이 여섯 개, 여자반이 여섯 개였고, 총 12개 반이 있었던 것 같다. 그랬던 것을 생각하면 송산고는 학생수가 그 절반도 되지 않는 것이었다. 송산고에서의 수업은 1학년 1반부터 시작해서 2학년 4반까지 매주 돌아가며 한 번씩 수업을 했고, 2학년 4반 수업이 끝나면 1학년부터 다시 시작해서 그렇게 한 반마다 총 2번씩의 수업을 하는 과정이었다. 그런데 메르스 전염병, 중간고사와 학사일정 등으로 중간에 몇 번 쉬게 되니 모든 수업을 끝마치자 어느덧 12월이었다. 비록 일주일에 한 번씩이기는 했지만, 6개월 가까운 시간을 송산고에서 보냈던 것이다.

첫 수업이 끝나고 뭔가 변화가 필요하다고 생각했다. 그래서 두 번째 수업부터는 학생들과 글짓기 하는 시간을 가졌다. '하늘, 검은 새벽, 붉은 운동장, 스마트폰, 눈동자, 그림자, 발자국, 꽃' 이렇게 서로 어울리지 않는 단어 여러개를 제시해놓고 수업시간 동안 한 편의 시를 완성해보는, 일종의 게임이었다. 수업시간에 학생들이 졸거나 떠드는 것을 방지하고, 학생들에게 글쓰기에 대한 흥미를 유발하기 위해 시작한 것이었는데, 뜻밖에도 학생들을 그 '게임'에 매우 열성적이었다.

사실, 기대는 하지 않았다. 첫 번째 글짓기 과제는 집으로 가지고 가서 읽었다. 대부분의 작품이 성의가 없거나 역시 빈약한 수준이었지만, 반드시 한두 편 정도는 '백일장용 시'처럼 학생 수준에서 봤을 때 잘 쓴 작품이 나왔다. 내가 원했던 것은 백일장용이 아니라, '아직 정리는 되지는 않은 날것이지만, 참신한 상상력으로 번뜩이는 작품' 뭐 그런 것이었는데, 그래도 잘쓴 작품은 역시 잘쓴 작품이었다. 매 시간마다 내 마음에 드는 작품들이 꼭 한두편씩은 나왔다. 나는 그중에서 한 작품만을 뽑아, 다음 시간에 가서 그것을 학생들에게 읽어주었다.

그렇게 여러 번 반복하다보니, 집으로 돌아오는 차 안에서 학생들이 쓴 글들이 읽고 싶어 도저히 운전을 하지 못할 지경까지 이르렀다. 학생들의 글이 너무 궁금했고, 또한 학생들의 글을 통해 열일곱 살의 나로 되돌아가는 경험은 새로운 것이었다. 송산고에서 집으로 돌아오는 길에는 큰 저수지가 하나 있었는데, 그곳에 차를 대놓고 학생들의 작품을 하나하나 꼼꼼히 읽었다. 그중에서 한편을 뽑는 일은 정말이지 너무 어려웠다. 최종으로 남은 두세 편 사이에서 한 편을 가려내는 일이 특히 그랬다. 모두 고만고만해서 한 편을 뽑는 것이 난감한 경우도 있었고, 두 편 모두 마음에 들어서 한 편만을 뽑는 게 힘들었던 때도 있었다.

담당 선생님의 동의를 얻어, 뽑힌 학생들의 작품을 책에 수록한다. 아이들이 느끼는 고민은 열일곱 시절 우리가 느끼던 고민과 별반 다르지 않지만, 그 열일곱 시절로부터 한참을 벗어난 현재의 우리가 읽기에는 마음 아픈 지점들이 더러 있었다.

1-1 임희규, 엄마와 아들

검은 새벽, 나는 침대에 누워
빠질 듯한 두 눈동자로 스마트폰을 보고 있었다.

그 순간, 엄마의 발자국 소리가 또박또박 들려왔다.
3초 뒤, 내 방이 "쿵" 밀리는 순간 엄마의 그림자가 내 앞에 나타났다.

내가 보고 있던 스마트폰에는 섹시하고 이쁜 여자의 야한 사진이 있었다.
순간 내 머릿속은 텅텅 빈 백지처럼 변했다.

다음날 아침부터 나는 하늘을 바라보며
해가 지면서 붉어진 운동장을 뛴다.

집에 오니 엄마가 말씀하셨다.
아들, 너가 어제 본 사진 엄마보다 이쁘니?

응, 이뻐.
그리곤 운동장을 다음날 아침까지 뛴다.

> "선생님, 재미있게 써도 돼요?"라고 질문한 학생이 있었는데, 아마도 그 학생의 작품인 것 같다. 나는 더 재미있어도 좋았겠다고 생각했는데, 학생은 그냥 '이 정도'까지만 한 것 같다.

1-2 박경민, 검은 새벽

수업시간, 창문을 통해 밖을 바라본다.
푸른하늘, 꽃, 붉은 운동장의 뛰어노는 아이들을 관찰한다.
뚜벅뚜벅 발자국 소리와 함께 그림자가 비춰진다.
선생님의 부릅뜬 눈동자가 교무실로 따라오라는 듯 하다.

늦은 밤, 이불을 뒤집어쓰고 스마트폰을 한다.
문득 학교에서 본 풍경이 떠올라 창문을 통해 밖을 바라본다.
시원한 바람, 가로등의 불빛, 침묵하는 검은 새벽이 내 마음을 삼킨다.

> 제시된 단어를 대부분 활용해서 성실하게 쓴 작품이다. 그래서 뽑았는데, 뒤로 갈수록 대부분의 학생들이 이런 분위기로 시를 썼다. 그래도 첫 작품으로는 너무 마음에 들었던 작품이다.

1-3 박하은

눈동자는 오로지 스마트폰을 향해있고
붉은 운동장에 그림자만 드리운다
검은 새벽엔 내 발자국이 보이지 않아
꽃 한 송이 든 채 걸었다.
하늘높이 소리 지르며

> 3~5행이 마음에 들었다. 자기고백적인 글이라 생각했다. 강렬한 한 장면만으로도 시는 태어날 수 있는 것 같다. 특히 '소리 지르며'라는 마지막 문장이 좋았다. 왠지 그냥 좋았다.

1-4

한 아이가 수업중에 스마트폰을 하네?
아이들의 눈동자가 돌아간다
선생님의 그림자가 가까워지고 있어
걸린 아이는 운동장이 붉게 보인다

문학적인 것이 무엇인지 배우지는 않았어도, 독서를 통해서인지 감각적으로 그것을 알고 있는 것 같은 학생의 작품이었다. 묘사란 '선택'과 '집중'이다. 영화로 말하자면 '클로즈업'이다. 그런 면에서 침착한 묘사가 돋보였다. 특히 마지막 장면에서는 적절한 비유를 통해 글을 마무리 짓는 센스까지 보여주었다.

2-1 이채린, 꽃의 하루

검은 새벽, 하늘 아래
붉은 운동장 저 끝 구석
꽃 하나가 운동장을 바라본다.

초점 없는 눈동자로
스마트폰만을 바라보는
사람들의 힘없는 발자국 그림자에
오늘도 꽃은 쓸쓸함을 느낀다.

> 꽃을 주인공으로 해서 감정이입을 했다. 이 학생의 작품을 뽑았다고 하니, 떨 듯이 기뻐하던 남학생의 모습이 떠오른다. 아마도 이 학생의 남자친구가 아니었을까. '쓸쓸함'과 같은 추상적인 관념어는 글에서 피해야 한다고 학생에게 알려주었다. 그것이 어떤 종류의 쓸쓸함인지 분명한 이미지를 통해 보여주어야 한다고 덧붙여주었다.

2-2 이수빈

모든게 끝난 지금
옥상에 걸터앉아
바라보는 노을지는
붉어진 운동장
스마트폰에 뜬
엄마 얼굴 한 번
발밑 바다 한 번
검게 물든 새벽
엄마의 하늘에
그늘진 그림자
조용한 발자국소리
눈물 가득한 눈동자
책상 위에 놓인
새하얀 꽃

> 타자(꽃)를 화자로 한 작품에 이어, 상상 속 장면의 '나'를 화자로 삼은 작품이다. 제시된 단어들을 바탕으로 장면마다 선명한 이미지를 표현했고, 다른 학생들과는 다른 주제의식을 가지고 있는 작품이기도 하다.

2-3 한준섭, 붉은 운동장

항상 위를 바라보면 보이는 것들
검은 새벽, 밝게 웃고있는 별
가을의 찢어진 하늘
스마트폰을 보고 있는 학생들 눈동자

내 위에 생기는 것들
방과 후 아이들의 축구하는 그림자
학원으로 터벅터벅 걸어가는 아이들의 무거운 발자국
그리고 한켠에 조그맣게 자라고 있는 예쁜 꽃

나는 붉은 운동장

> 평범하다고 생각했는데, 마지막이 반전이었다. 학생들에게는 일상적인 이 장면들을 지켜보고 있는 것은 다름 아닌 붉은 운동장이었다. 이번에는 '붉은 운동장'을 화자로 삼은 작품이 나온 것이었다.

2-4 최영현, 하루

아무도 일어나지 않은 검은 새벽
하늘엔 새 한 마리조차 보이지 않는다
동이 트고
붉은 운동장엔 하나 둘 발자국이 생긴다
꽃들은 지나가는 사람들에게 밝게 웃음을 짓지만
스마트폰에 빠져있는 눈동자들은
그런 꽃들에게 그림자조차 내어주지 않는다
집에 가는 길
어느새 하늘은 다시 검게 변했고
사람들의 어깨는 빨랫줄에 걸려있는 빨래들처럼
힘없이 축 쳐져있다

> 운율감을 고려해 행을 나눈 것이 돋보였다. '붉은 운동장엔 하나 둘 발자국이 생긴다', '사람들의 어깨는 빨랫줄에 걸려있는 빨래들처럼'과 같은 묘사가 좋았다. 학생들에게 비유법에 대해 조금 알려준 것이 성과가 있는 것 같아 괜히 뿌듯해지기도 했다.

송산고등학교에서의 강의가 결정적으로 이 책을 만들 수 있게 했다. 낭독과 창작, 필사, 한국현대문학사 등 이 책에 수록된 내용들은 모두 송산고에서 강의한 내용을 중심으로 정리하여 묶은 것이다. 학생들에게는 뭔가 더 많은 것들을 알려주고 싶었는데, 시간이 짧아서 매번 아쉬웠다.

마지막 수업을 마치고 돌아오는 길에 나는 다시 저수지 앞에 차를 세웠다. 학생들의 작품을 읽기 위해 매번 들리던 곳이었다. 강의를 시작할 때는 여름이었는데 어느덧 겨울이 되었다. 저수지 물에서 얼음이 보였고, 그 위로 붉은 태양이 비치고 있었다. 학생들에게 '필사적인 글쓰기'가 도움이 되었으면 좋겠다. 필사적으로 무엇인가를 위해 노력해야 하는 시기는 곧 다가올테니까.

4

4강

글쓰기란

이쯤에서 여러분에게 질문을 해본다. 시란 무엇인가?

시 = ☐

 어린 시절 나는 허영심이 매우 큰 아이였다. 시를 한 번도 써본 적이 없으면서, 시인이 되겠다고 했던 것을 보면.

 초등학교 6학년 때의 일이었는데, 첫 수업시간에 담임 선생님이 쪽지를 나눠주시면서 꿈을 적어보라고 했다. 나는 무슨 생각이었는지 쪽지에 '시인'이라고 적었는데, 내가 왜 그렇게 적었는지는 지금 생각해도 아직까지 의문이다. 하지만 그때 담임 선생님은 그 단어가 퍽 마음에 드셨던 모양이었다. 선생님의 추천으로 '상설문예반'이라는 곳에 들어가서 처음으로 글쓰기 수업을 받아보기도 했고, 학교 대표로 백일장에도 다녀봤고, 글짓기를 해서 처음으로 상도 받아봤다.

그런데 초등학교를 졸업할 무렵의 나는 사업가가 되고 싶어 했던 것 같다. 선생님께서는 예전처럼 쪽지를 나눠주시며 꿈을 적으라고 하셨는데, 이번에는 생활기록부에 적어야 하니 집에 가서 가족들과 상의해보고 오라고 하셨다. 그때 나는 책을 좋아했으니까, '책 만드는 사업가'가 뭐가 있을까, 어머니께 물었는데 어머니는 '출판사업가'라는 단어를 내게 만들어주셨다. 그래서 결국 내가 쪽지에 적었던 꿈은 '출판사업가'였다. 하지만 선생님께서는 그 단어가 무척이나 마음에 들지 않으셨던 모양이다. 선생님은 화를 내시면서까지 '시인'이라는 꿈을 적어 넣고 싶어 하셨다. 그래도 나는 '출판사업가'를 해야겠다고 부득부득 우겼던 것 같다. 그래서 결국 초등학교 생활기록부에 적힌 나의 꿈은,

'출판사업가 / 시인'이 되었다.

이 두 가지의 꿈이 지금의 나를 만들었다. '시인'은 대학을 문예창작학과로 진학하게 되면서 가까워지는 것 같았지만, 지금은 멀어졌고, '출판사업가'는 늘 아득하게 멀리 있는 것 같았지만, 지금은 가장 가까이 다가온 것들 중 하나가 된 것 같다.

대학에 처음 입학했을 때, 나는 무척 들떠있었던 것 같다. 강의 때마다 매번 가장 앞자리를 차지하고 앉았고, 아이들과도 넉살좋게 떠들곤 했었다. 그러던 어느 날, '현대한국문학사'라는 수업에서였다. 교수님이 항상 가장 앞자리에 앉아있는, 그리고 뭔가 개구쟁이 같은 분위기를 풍기는 나를 특별하게 지목하며 질문을 던지셨다.

"시란 무엇일까?"

고등학교 때까지 배웠던 것을 떠올려보면 '행과 연을 나누어 리듬감 있게 쓴 글' 정도로 답했으면 좋았을 것 같다. 아니면, 정 머릿속이 하얘지고 생각이 나지 않았다면 다른 어떤 기발한 농담으로 상황을 모면해도 충분했을 것 같다. 질문을 던진 교수님도 엉뚱한 대답이 나와서 수업 분위기가 밝아지는 상황을 그리고 계셨던 것인지도 모르니까. 그러나 나는 대답하지 못했다. 아무런 말도 하지 못했다. 뜻밖에도 나는 '시'라는 단어 앞에서 너무 진지했고, 게다가 '시'라는 단어 앞에서는 온통 모든 것이 새하얀 백짓장이었다. 5분 동안 나는 자리에서 일어선 채로 아무 말도 하지 못했다. 그 순간은 마치 5년의 세월처럼 길게 느껴졌다. 교수님은 그래도 결국에는 내 입에서 어떤 결과물이 나오리겠지, 하는 믿음으로 5분 동안 끝까지 기다려 주셨지만, 끝내 나는 아무 말도 하지 못했다.

참으로 이상한 정적이었다. 옆에서 같이 수업을 듣던 친구들마저 숙

연해지던 그 정적을 나는 잊을 수 없다. 시란 무엇일까. 알 것 같은데, 알지 못했다. 섣부르게 시란 무엇이다, 라고 이야기 하는 것이 5분 동안의 정적을 견디는 것보다 싫었던 것 같기도 하다. 시란 무엇일까. 나는 한 번도 그런 질문을 스스로 품어본 적이 없었고, 이후로도 그것의 정답을 찾는 일은 결코 쉽지 않았다. 어쨌든 그래서 나의 4년간의 대학 시절은 '시란 무엇일까'라는 질문의 답을 찾는 과정이었다.

정답은 긴장 이었다. 시 = 긴장. 반드시 '시'가 아니어도 좋았다. 시, 소설, 글쓰기, 독서, 연애, 사랑, 인생 모든 것의 정답은 '긴장'이 될 수 있다. 특히 문학에서 더욱 그렇다.

시는 예로부터 형식을 중요시하는 문학 장르였다. 시는 '운율'을 느낄 수 있는 장르인데, 여기서 '운'은 글자 수를 맞추는 것을 뜻하고, '율'은 글자의 길이를 맞추는 것을 뜻한다. 근대 이전까지는 '운율'과 같은 형식을 매우 중요시 했고, 그것에서 한 글자만이라도 어긋나면 형편없는 글로 여겨졌다. 하지만 근대 이후부터는 이런 형식을 반드시 따라야 할 필요가 없거나, 아예 거부하는 작품들도 등장했다. '작가의 새로운 시선'과 '새로운 형식'이 전에 없던 새로운 운율을 만들었고, 긴장을 느낄 수 있도록 만들어 주었다. 어쨌든 이 '새로움'은, 문학은 물론 예술의 제

일요소가 되었다. '어디서 본 듯한 작품' 또는 '알맹이는 없고 겉모습만 번지르르한 작품'들을 우리가 예술로 여기지 않는 것과 같다.

글쓰기 = 긴장

이 '긴장'은 주로 '전복'을 통해서 이루어진다. 즉, 앞에 것을 뒤집어 엎는 것이다. 당대의 문학작품들을 '전복'하고 나온 새로운 작품들은 지금까지 살아남아, 고전이 되었다. 그것은 상투성을 극복하는 것이기도 하다. 그러나 글쓰기를 할 때 무조건 뒤집어엎으라는 것은 아니다. 다만, '글쓰기 = 긴장'이라는 것만 가슴 속에 담아두고 있으면 앞으로 훨씬 좋은 작품을 쓰게 될 수 있을 것이다.

어느 시인은 글쓰기를 '계단'과 같다고 이야기 한다.

처음 글쓰기를 시작하면 길고 지루한 평지를 걷는 기분이지만,

어느 순간 자신의 앞을 가로막는 커다란 벽 앞에 다다르게 된다는 것이다. 그 '벽' 앞에서 대부분의 사람들은 절망하고 뒤돌아서서 사라지지만,

"저 벽을 뛰어넘고 싶어." "저 벽을 부수고 싶어." 하고 생각하는 사람들은 매일 밤낮없이 고민하고,

밤낮없이 노력하다가 어느 순간 정신을 차리고 보면 한 계단 위로 올라서 있다는 것이다.

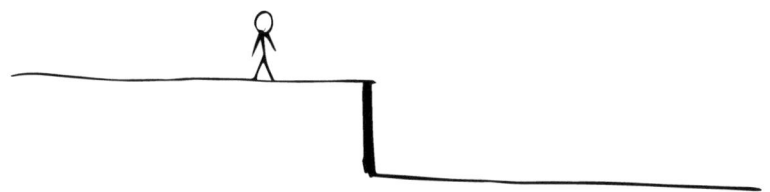

그러나 그것이 끝이 아니다. 한 계단 올라서긴 했지만, 또다시 눈앞에는 길고 지루한 평지가 나타나고, 또다시 그 길을 가야만 한다.

그렇게 해서 글쓰기는 계단과 같다는 것이다.

그렇다면 그 벽을 어떻게 넘고, 어떻게 부숴야 할까. '마중물'이라는 단어가 있다. 펌프로 지하에 있는 물을 길어 올리기 위해서는 압력을 발생시켜줄 수 있는 한 바가지의 물이 필요한데, 그것이 바로 마중물이다. 물을 얻기 위해서는 반드시 물이 필요한 그 아이러니.

나는 글쓰기의 마중물이 어쩌면 '필사'가 될 수 있을 것이라고 생각했다. 글을 쓰다 벽 앞에 부딪혔을 때는, 자신에게 도움이 될만한 좋은 작품들을 선택해서 필사를 하는 것이 꺼져버린 엔진에 다시 시동을 거는 것처럼 반전의 역할을 할 수 있을 것이라고 생각했다.

5

5강 ●

글 잘 쓰는 법

'글 잘 쓰는 방법'이란 없다. 그런 방법이 있다고 하더라도 그것은 짧은 시간 안에 터득할 수는 없는 것이다. 그래서 내가 말하는 '글 잘 쓰는 법'은 약간 원론적인 이야기로 읽힐 가능성이 있다. 심지어는 하나마나 한 이야기라고 생각할지도 모르겠다. 그래도 누군가에게는 아래 일곱 가지의 '노하우'가 의미 있는 자양분으로 남게 될 것이라고 믿는다.

글 잘 쓰는 법 ① 긴장

 과거에는 운율과 같은 형식을 통해서만 긴장을 형성할 수 있었다. 그것은 형식적인 측면에서의 긴장(리듬감)을 말하는 것이다. 그러나 형식의 제약이 사라진 근대 이후부터는 주제와 내용을 통해서도 긴장을 느낄 수 있다.
 '긴장'이라는 말의 어감이 와 닿지 않는다면, 다른 말로 바꾸어 불러도 좋을 것 같다. '재미'라든지, '즐거움'이라든지, '쾌락' '정화' '감동' 등. 어쨌든, 이 말은, 우리가 문학작품을 읽는 모든 이유이기도 한 그것이다.
 자유시 이후의 긴장은 두 가지 경우로 나뉠 수 있다. 첫 번째는 '새로움'이다. 그것은 형식의 새로움일 수도 있고, 내용의 새로움일 수도 있다. 그 예로 황지우 시인의 '묵념 5분 27초'를 들 수 있다. 당시의 시대적 상황과 함께 작가의 주제의식을 담은 새로운 형식의 작품이었다. 좋은 작품에서 우리는 내용과 현실 사이에 꿈틀거리는 에너지를 느낄 수 있고 그런 작품을 우리는 좋은 작품으로 여기곤 한다.

두 번째는 '(작가만의)시선'이다. 자신이 쓰려고 하는 것에 대한 문제의식을 가지고 있는 존재가 바로 작가이기 때문이다. 단순히 기교적이거나 감상에 빠진 작품들을 우리는 좋은 작품으로 인정하지 않는다. 주제가 분명한 작품은 문장만 우수한 작품보다 늘 우위에 있다.

글 잘 쓰는 법 ② 잘쓰려 하지 말아라 ●

너무 잘 쓰려고 하는 글들은 처음부터 부실공사가 될 수밖에 없다. 예를 들면, 건물의 기본 골격을 만들기도 전에 인테리어를 하는 것과 같다. 화려한 수사를 남발하거나 일부러 어려운 단어를 골라 쓴 작품들은 일반 독자들이 보더라도 좋은 작품으로 보이지 않는다.

중요한 것은 누구를 위한 글인가 하는 것이다. 다시 말해서, 진심을 담고 있는 글이 잘 쓴 글이다. 글재주가 없어도 진심이 담겨 있는 글에는 누구든 감동을 받을 수 있다. 하지만 글재주가 있어도 거짓말로 꾸며 쓴 글은 결국 탄로가 나게 되어있다. 그래서 '내 이야기'를 하는 것이 중요할 수 있다. 소설이란, 사적인 것을 공적인 영역으로 옮기는 과정이기 때문이다. 내가 가장 잘 할 수 있는 것은 나의 이야기이기 때문이다. 글을 처음 쓸 때는 내 이야기부터 시작하는 것도 그래서 하나의 방법이다.

   너무 잘 쓰려는 욕심 때문에, 처음부터 거대한 주제로부터 시작하는 경우도 있다. 하지만, 좋은 글은, 어느 하찮은 지점에서 출발할 수도 있는 것이다. 좋은 작품은, 궁금한 것을 만들어 주는 것일 수도 있다.

글 잘 쓰는 법 ③ 아름다운 모국어에 신경써라 ●

말장난을 하는 시를 '저열한 것'으로 보는 경우가 있으나 전혀 그렇지 않다. 화가가 색깔을 가지고 장난치는 것과 마찬가지로, 작가는 언어를 가지고 마음껏 놀 수 있는 존재이기 때문이다. 특히 우리말에 대한 어휘력은 큰 변별력으로 작용할 가능성이 다분하다. 우리가 잘 모르고 있는 아름다운 우리말이 참 많은데, 그것만 적절하게 활용할 수만 있다면 다른 사람들에 비해 훨씬 좋은 점수를 받을 수 있다. 어느 언론인은 속담, 명언 등을 50개 이상만 달달 외우고 있으면 자기소개서를 잘 쓸 수 있다고 이야기하기도 한다. '외운다'는 어감 때문에 좋지 못하게 생각하는 사람이 있을 수 있겠지만, 그것을 '어휘력'으로 바꿔 말한다면 모두들 그 말에 공감할 수 있을 것이다.

글 잘 쓰는 법 ④ 말을 아껴라

　자신의 내면을 토로하는 것은 하수나 하는 짓이다. 그냥 상황만 보여주면 된다. 상황묘사를 통해 독자들이 나의 내면을 이해해줄 수 있으면, 그것이 더욱 공감을 얻을 수 있는 길이다. 말을 너무 많이 하면, 필요 없는 것에 매달릴 가능성이 크다. 작가는 말벙어리도 아니지만, 떠벌이도 아니다. 작가는 상황에 맞는 절묘한 말을 할 수 있는 존재다. 즉, 통찰과 직관이 필요하다는 것인데, 깊이 있는 독서를 통하여 통찰과 직관을 키워줄 수 있다.
　그러나 말을 아끼는 것은 생각보다 어렵다. 말을 하고 싶다는 욕망은 쉽게 뿌리칠 수 없는 유혹이다. 그러나 '묘사는 선택과 집중'이라는 명제를 다시 한 번 상기하고 필요없는 말은 과감히 하지 않아야 한다.

글 잘 쓰는 법 ⑤ 유행에 민감해져라

　안타까운 것은 대부분의 사람들은 최근 유행하는 작품들과 그 작가를 알지 못한다는 것이다. 지금 시대에 가장 잘 나가는, 그래서 늘 책이 나오면 베스트셀러에 오르는 작가들임에도 불구하고 아이러니하게도 많은 사람들은 그 이름조차 알지 못한다. 이것은 비단 독서의 부재에서만 오는 것이 아니다. '유행하는 문학'이기에 앞서 '문학'이라는 것 자체가 이미 대중들과 거리가 멀어진 탓도 있을 것이다. 1960년대 이전까지의 작품들만 다루는 국어교과서 탓도 있을 것이다. 그러나 적어도 글을 잘 쓰고 싶다면, 유행에 민감해져야 한다. 현직 작가들은 어떤 글을 쓰고 있는지, 그래서 한국문학이 어떤 형태로 성장하고 발전해나가고 있는지 정도는 몸속 깊이 이해하고 있어야 하지 않을까.

글 잘 쓰는 법 ⑥ 고전을 익혀라

 그러나 작가가 되고 싶어 하는 많은 사람들은 이 '유행'이라는 것에 너무 민감해져 있다. 그래서 때로는 고전 읽는 것을 소홀히 하는 경우가 많다. 하지만 한국이라는 나라에 발을 딛고 살아가고, 한글로 된 문학작품을 쓰려는 사람이라면, 우리 문학의 뿌리가 어디서부터 출발하고 있는지는 알아야 한다.
 '세대'를 나누는 기준은 중요한 역사적 사건에 따른다. 그렇기에 자신이 어느 세대에 속하는지도 알아야 할 것이다. 그것은 작가의 주제의식으로까지 연결되는 매우 중요한 사안이다
 어느 시인은 '오딧세이를 꽁꽁 묶는 돛대가 필요하다'라고까지 이야기 했다. 오딧세이는 사이렌에 유혹되지 않기 위해 배의 돛대에 자신의

몸을 꽁꽁 묶었다. 사이렌은 노랫소리가 너무 아름다웠고, 강을 건너는 배들은 모두 사이렌에 홀려 난파되는 저주에 걸렸다. 오딧세이는 그 사이렌의 노랫소리가 너무 듣고 싶었던 나머지 꾀를 낸 것이다. 노를 젓는 선원들의 귀를 모두 막게 하고, 돛대에 꽁꽁 묶인 자신만 사이렌의 노랫소리를 들을 수 있도록 귀를 열어두었던 것이다. 그렇게 해서 오딧세이는 저주에서 벗어날 수 있었고, 더욱이 사이렌의 노랫소리도 들을 수 있었다. 작가가 되려는 사람들에게 있어서 그 돛대는 바로 고전작품이 될 수 있다. 고전작품을 많이 읽을수록 시류의 유혹에서 쉽게 벗어날 수 있을 것이다.

글 잘 쓰는 법 ⑦ 필사 ●

마지막으로 필사하는 방법이다. 작가가 된 많은 사람들은 어린 시절 열심히 필사를 했다. 필사는 단순히 작가의 작품을 베끼는 것이 아니라, 글을 잘 읽을 수 있는 방법 중의 하나다. 책을 눈으로만 읽었을 때는 그것이 시각적 이미지로만 저장되지만, 손으로 한 번 쓰면서 읽으면 손의 감각을 통해 온몸이 그 문장을 기억할 수 있게 된다. 필사를 하지 않는 이유 중 하나는 '게으름'일 가능성이 크다. 게으르면 독서도, 글쓰기도 결국에는 할 수 없게 된다.

6

6강

필사 잘 하는 방법

필사는, 잊고 있던 나를 발견하는 일이다. 눈으로만 읽는 것에서 벗어나 온전히 자신의 것으로 받아들이는 시간이다.

그러나 '필사를 잘 하는 방법'은 중요하지 않다. 방법보다 어떻게 하느냐가 중요한 것이다.

필사 잘 하는 방법 ① 꾸준히 한다

꾸준히 한다는 말은 다시 말해서, 성실하게 해야 한다는 뜻이다. 필사를 하는 것은 사실 매우 힘든 일이다. 최근 나온 필사책의 대부분은 필사하기 쉽도록 짧은 시편들로 이루어져 있어서 꾸준히 할 수는 있겠지만, 성실하게 할 수 있는 책은 아니다. 그런 책들은 필사라기 보다는 그냥 글을 한 번씩 옮겨적는 일종의 '놀이'로 보아야 할 것 같다. 하지만 진짜 필사는 힘든 작업이라 꾸준히 하기가 쉽지 않다. 그렇기에 문학작품 한 편의 필사를 성실하게 완성했을 경우에는 보람도 느낄 수 있다. 어쨌든, 하루에 한 페이지씩이라도 꾸준히 하는 것이 중요하다.

필사 잘 하는 방법 ② 느끼며 한다

　많은 사람들은 쓰는 행위에만 집중하다가, 필사를 하는동안 글은 읽지 않고 다른 생각에 빠지기도 한다. 하지만 필사를 통해 책의 내용을 잘 이해할 수 있어야 하고, 어떤 장면에서는 감동까지 받을 수 있어야 한다. 쓰는 행위 자체에 몰두하지 말고, 느끼면서 해야한다는 말이다.

　그렇기 때문에 악필도 상관없다. 필사는 숙제가 아니기 때문에 글씨를 예쁘게 쓰지 않아도 된다. 하는 것이 중요한 것이 아니라, 얼마만큼 자신에게 도움이 될 수 있도록 활용하는지가 중요한 것이다.

필사 잘 하는 방법 ③ 할 수 있는 만큼만 한다

너무 조급해하지 않아도 된다. '조급함'은 모든 일들을 그르치는 악영향을 줄 수 있다. 너무 급하게 하지 않고, 할 수 있는 만큼만 해야 한다. 할 수 있는 만큼만 하게 되면 중간에서 포기하지 않고 꾸준히 할 수도 있고, 느끼면서 감동도 받으면서 할 수도 있게 된다.

7

7강

필사적인 한국현대문학사 1910~1950

여기 소개하는 '필사적인 한국현대문학사'는 사실, '현대문학사'라고 부르기에는 빈약하다. 소설사는 최대한 많은 내용을 담으면서도 분량상으로 간략하게 정리하기 위해 노력했으며, 시에 대해서는 다만 시인들의 이름만을 소개하는 수준에만 머물렀다. 어디까지나 내가 개인적으로 소개하고 싶은 작가와 작품들 위주로 정리했기 때문에 '한국문학사'를 공부하기 위해서는 별도의 좀 더 심층적인 공부가 필요하다고 당부해둔다.

독자들에게 추천해주고 싶은 작품들 중에서 몇 편을 골라, 필사 하며 읽을 수 있도록 왼쪽 페이지에 필사 공간을 제공했다.

이광수의 '무정', 최인훈의 '광장', 김영하의 '삼국지라는 이름의 천국'은 시대별 주요작가들이 쓴 작품이며, 독자들이 읽기에도 재미있게 읽을 수 있는 작품들이다.

한국현대문학사 소설부분 인용 출처 :
《〈서울국제도서전에 왔다가 무심코 읽은 한국현대소설사〉》 (새봄출판사, 2013)

1910년 8월 29일 한일합방으로 우리 역사에서 일제 강점기가 시작되었다. 1917년 매일신보에 연재된 이광수의 '무정'은 최초의 근대적 장편소설로 평가받는다. 당시 이광수는 엄청난 인기를 지닌 당대의 스타였고, 민족 지도자였다. 그래서 그의 친일행적은 아프지 않을 수 없었다. 누군가는 그를 두고 '만질수록 덧나는 상처'라고 표현하기도 했다. 만지지 않을 수 없는 영광스러운 기록을 남겼으나, 친일행적으로 인하여 만질수록 덧나는 상처가 될 수밖에 없는 존재가 바로 이광수다. 그래도 그의 문학이 이루어낸 공로는 인정하지 않을 수 없다. 이후 등장한 김동인과 염상섭 같은 '거장'들도 이광수를 극복하는 것이 중요한 과제였다고 한다.

1919년 3월 1일에는 3.1만세운동이 있었다. 이후로 일제의 식민통치는 민족을 회유하는 '문화통치'로 변화된다. 1920년대는 카프(조선프롤레타리아문학동맹)가 주요한 문학의 흐름이었고, 임화 같은 시인은 그 중에서도 유명하다. 카프 해산 이후에는 '구인회'라는 친목단체에서 활동했던 작가들에 의해 모더니즘 문학이 발전해 나갔다. 이효석, 이상, 김유정을 비롯하여 정지용 같은 작가들이 시기는 각각 다르지만 구인회 활동을 했다.

1940년 광복을 불과 몇 달 앞두고 일본의 한 감옥 안에서 숨을 거둔 시인이 있다. '하늘과 바람과 별과 시'와 '서시'로 유명한 시인 윤동주다.

일제에 의한 생체실험으로 희생되었다는 주장이 설득력 있게 제기되고 있다. 시 '병원'은 미발표작이지만 윤동주의 문학세계에서 새로운 전환점이 된 작품이다. 이후 새봄출판사에서 '그가 누었던 자리'라는 제목의 그림책으로 발행되었다.

1945년 8월 15일. 드디어 민족은 해방을 맞는다. 남한에 남은 작가들의 대부분은 창씨개명을 하는 등 친일을 하거나 일제에 협력 하거나 동조 했지만, 유일하게 친일을 하지 않은 작가도 있었다. 그것은 바로, 염상섭이다. 그리고 친일은 했지만, 유일하게 작품을 통해 자신의 친일을 반성하는 작가도 있었는데, '민족의 죄인'이라는 작품을 쓴 채만식이 바로 그 주인공이다.

1950년 6월 25일 한국전쟁이 발발했다. 이후 대부분의 작가들은 전쟁에 대한 고통과 그 속에서의 삶을 작품으로 옮겼다. 하지만 황순원과 같이 현실세계에서 도피해버린 동화 같은 작품을 쓴 경우도 있었다.

1900

고대소설과 이광수 이후의 근대소설 사이에 존재했던 과도기적 소설을 '신소설'이라 부른다. '신소설'이라는 명칭은 최초의 신소설인 이인직의 〈귀의성〉을 광고하는, 광고문구로 처음 사용 되었다고 한다. 한국 문학사에만 존재하는 독특한 명칭이며, 점진적 개화파가 채택한 소설양식으로 계몽적 성격을 지닌다.

설화형식인 고대소설과 다르게 묘사형식을 사용했으며, 언문일치체와 산문성, 입체적 구성, 현실생활을 소설의 취재대상으로 삼는 점 등이 고대소설과 구별되는 주요 특징이다.

주제의 상식성과 통속성, 묘사의 추상성, 우연성과 대화의 남용, 성격의 창조와 심리묘사의 거세, 사건의 남발 등으로 인해 비판 적인 평가를 받기도 한다. 고대소설과 구분되는 특징이 있기는 했지만, 서사구조 자체가 고대소설과 똑같다는 사실 때문에 근대 소설 이전의 과도기적 형식으로 규정되어진다. 친일행각을 한 이인직이 만들어낸 장르이기 때문에 친일문학 으로 보아야 하는 것인지 등에 대하여 문제시되기도 한다.

대표 작가와 작품으로는 이인직의 〈혈의누〉, 〈치악산〉, 〈귀의성〉, 〈은세계〉와, 이해조의 〈옥중화〉가 대표적이며, 통속적으로 변질된 1910년 이후의 신소설로는 최찬식의 〈추월색〉 등이 있다.

이광수의 〈무정〉은 한국 소설사의 첫 출발이었다. 같은 시기에 근대적 형식의 소설이 없었던 것은 아니지만, 최초의 장편 소설이라는 점에서 근대문학의 출발로 본다.

  〈무정〉은, 1910년대 드높았던 문명 개화열망을 형상화한 작품이다. 계몽적 이상주의 형태로 나타난 〈무정〉의 이데올로기는 지배이념 체계의 혼란을 광범위하게 드러내며 격동하던 당대의 지식청년들을 열광시켰다고 한다.

  이광수를 두고 혹자는 '한국문학의 자랑이자 수치'라고 말하기도 한다. 또는 '이광수라는 선각자를 알게 된 것은 우리의 불행한 행복'이라는 표현을 쓰기도 하며, '만질수록 덧나는 상처'라 일컫기도 한다. 한국 현대문학사에서 지울 수 없는 흔적을 남겼지만, 그의 친일로 한국 정신사에 역시 감출 수 없는 흠집을 만든 인물이 바로 이광수라는 것이다.

  〈무정〉의 계몽적 이상주의는 추상적이어서 등장인물은 문명개화 열망으로 뜨겁게 고양되지만 누구도 구체적 실체를 파악하지 못한다. 〈무정〉의 추상성은 작가의 현실탐구가 지극히 피상적인 수준에 놓였음을 뜻하는 것이다. 이광수가 창씨개명을 하고 〈민족개조론〉의 주장을 펴며 친일로 돌아선 것도, 계몽 사상가로서 추상적인 수준에 머물렀기 때문이라는 견해도 있다.

최남선의 '해에게서 소년에게'는 아직 고대 시의 양식을 못 벗어났으나 근대적 양식에 가까운 '신체시'로 그 중간단계의 시로 볼 수 있다.

1920

　3.1운동은 한국이 자주민족국가임을 만천하에 천명한 사건이다. 일제는 3.1운동 이후로 '문화정치'라는, 표면적으로만 부드러운 식민통치를 펼친다. 때문에 이 시기에는 〈개벽〉, 〈창조〉, 〈폐허〉 등 동인지들이 쏟아져 나온다. 이런 동인지들은 이광수와 최남선이 독점 하던 문단에서 다양한 작가들이 쏟아져 나오는 계기가 되기도 한다. 1920년대 소설가들은 앞 세대의 이광수 극복을 목표로 삼았다. 그 중심에 김동인과 염상섭이 있었는데, 염상섭은 현진건과 함께 '자기반성 정신과 리얼리즘'을 특징으로 한 소설을 썼고, 김동인은 반리얼리즘의 소설을 썼다.

　김동인은 '예술성' 개념을 우리 문학사에 처음으로 도입한 작가였다고 한다. 이는 계몽소설로 분류된 이광수류의 소설과 구분되는 새로운 것이었다.

　1920년대가 한국문학사에서 중요한 역할을 차지하는 것은 이 시기에 카프로 대표되는 프로문학(경향문학)이 있었다는 점 때문이다. 최서해, 이기영, 조명희, 한설야 등은 당대 한국사회가 안고 있던 두 가지 주요 모순인 봉건모순과 식민모순을 동시에 넘어서고자 하는 혁명 운동의 한 부분으로, 신경향파 문학으로 대변되는 문학을 혁명의 무기로 삼았다고 한다.

KAPF(카프)는 조선 프롤레타리아 예술가연맹을 뜻하며, 1925년에 시작되어 1935년 해체되었다.

일제 강점기 내에서 퇴폐적 허무주의와 감상적 낭만주의가 만연하던 시대에 투철한 시정신과 언어에 대한 자각, 개성적인 시 형식을 김소월과 한용운이 등장한다. 1925년 김소월 시집 '진달래꽃'과 1926년 한용운 시집 '님의 침묵'이 각각 나왔는데, 이후 한국 현대문학사에서 큰 두 줄기가 되었다.

1930

　1930년대는 20년대 센티멘털 로맨티시즘과 프로문학의 계급주의 성향에 대한 부정과 반성을 주요 목표로 삼았던 시기다.

　처음에는 친목회로 출발했다고 하는 구인회는 이상, 박태원, 김유정, 김기림, 정지용 등이 참여하며 문학적 역량과 문단권력 두 측면에서 대표적인 문학조직으로 발전한다. 구인회는 우리 문학사의 전환을 이끈 새로운 문학, '모더니즘' 문학 건설에 앞장섰다.

　유진오, 이효석, 채만식 등 진보적인 작가들이 자기모색을 시도하기도 했다. 카프 구성원은 아니었지만 그 이념에 동조하는 작가라는 뜻의 '동반자 작가'였던 이들은 카프 해산이후, 새로운 상황을 타개하려는 자기모색으로 변모했던 것이다. 이광수 극복문제에서 자유롭지 못했던 김동인에 비해 자연주의 작가인 염상섭과, 동반자 작가임에도 풍자 형식을 채택하여 유진오 이효석 등과 구분되는 특징을 지녔던 채만식에 와서야 비로소 소설다운 소설이 쓰여지기 시작했다고 할 수 있다.

　반근대주의를 보여준 김동리와, 카프 해산 이후 전향한 사회주의자의 전향 이후를 다루는 후일담 소설을 쓴 김남천, 최명익, 간도와 이민문학의 안수길, 강경애 등의 소설가가 있었다.

　파시즘의 압력이 점차 거세져감에 따라 현재를 정면 취급하기 어려워지면서 역사소설이 늘어났는데, 그 대표작이 홍명희의 〈임꺽정〉이었다.

임화는 카프의 대표적 시인이었다. '네 거리의 순이', '우리 오빠와 화로' 등의 작품을 통해 단편서사시를 개척했다고 평가받는다. 순수시를 쓴 김영랑, 이미지즘 계열의 모더니즘 시인인 정지용, 김기림, 다다이즘과 초현실주의와 결부되는 모더니스트 이상을 비롯하여 백석, 오장환, 이용악 등의 시인이 있었고, 서정주와 유치환은 역사의식 결락과 관념적이라는 비판이 있다. 이 시대에 시를 쓰는 것은 일제에 대한 저항인 동시에 당국의 검열을 통과할 수 있었기에 어느 정도의 타협이었다고 한다. 그래서 민족해방운동에 투신한 이육사는 문학의 언저리를 떠나게 된다.

1940

우리 문학사에서 염상섭처럼 친일 행적이 전혀 없는 인물도 있었지만, 거의 대부분이 일제말기에 와서 일제의 회유와 협박으로 친일로 돌아서게 되었다고 한다. 해방 이후, 다른 작가들이 자신들의 친일행적을 변호하기에 급급했던 반면 채만식은 〈민족의 죄인〉이라는 문학사적으로 의미 깊은 작품을 쓰기도 했다.

해방공간은 혼란 그 자체였다. 이 공간에서 길을 모색하던 작가들이 이태준, 허준, 황순원, 김정한 같은 인물들이었다. 이태준의 〈해방전후〉라는 작품도 채만식과 함께 식민지 시대의 자기반성을 시도 하는 유일한 두 작품으로 평가된다. 이 두 인물을 제외하고 다른 모든 작가들은 과거에 대한 반성이 없었다고 한다. 이는, 우리 문학이 자기반성 없이 출발하였고, 그래서 한국 현대문학의 출발을 '문학사의 비극'이라 평하기도 한다.

이 시기에 나온 채만식의 〈미스터 방〉, 염상섭의 〈두 파산〉과 같은 작품은 한국문학의 대가로서 채만식과 염상섭 그들의 뛰어난 작가적 역량을 돋보이게 하는 작품들이었다.

박목월, 박두진, 조지훈이 정지용의 추천으로 시단에 나왔다. 윤동주와 한하운 같은 시인이 있었다.

1950 ●

　50년대 문학은 전쟁의 상처를 어떻게 극복하느냐 하는 문제의식에서 출발했고, 그래서 전후문학이 많이 나오게 된다. 동족상잔의 비극인 6.25 한국전쟁으로 인해 한국문학에는 서구 실존주의가 유행하게 되고(손창섭, 장용학), 휴머니즘 경향을 보이기도 하며(하근찬), 전쟁에서 벗어나 순수한 세계를 그리려는 경향(황순원)이 나오기도 한다.

　손창섭, 장용학, 이범선, 오영수 등은 역사의 방향성 상실과 '길'의 소멸에 대해 고민했고, 이호철 박경리 등은 새로운 길을 모색했으며, 서기원, 최인훈, 최일남, 강선재 등은 폐허에서 꽃핀 비판정신이 돋보이는 작품들을 쓰기도 했다.

　이형기와 천상병처럼 전통 서정주의의 시맥을 이은 시인들이 있었고, 박인환과 김수영처럼 모더니즘의 도전을 보여준 시인들도 등장했다. 박인환은 센티멘털리즘으로 비판받기도 한다.

　이형기, 천상병, 김종삼, 김관식, 신경림, 고은 같은 시인이 있었다.

이광수 '무정'

이광수, 《무정》(광익서관, 1918)

두 처녀는 에이, 비, 시를 잘 외워 썼다. 선형은 어서 미국에 갈 생각으로, 순애는 아무렇게나 남에게 지지 않게 많이 배울 생각으로 어제 종일과 오늘 오전에 별로 쉴 틈 없이 에이, 비, 시를 외우고 썼다. 또 그들은 영어를 처음 배우게 된 것이 자기네가 학식이 매우 높아진 표인 듯하여 일종 유쾌한 자랑을 깨달았다. 선형은 자기가 좋은 양복을 입고 새 깃 꽂은 서양 모자를 쓰고 미국에 가서 저와 같은 서양 처녀들과 영어로 자유롭게 이야기하는 모양을 상상하고 혼자 웃었다. 자기가 영어를 잘하게 되면 자기의 자격도 높아지고 남들도 자기를 지금보다 더 사랑하고 존경하리라 하였다. 자기가 미국에 가서 미국 처녀들과 같이 미국 대학교를 졸업하고 집에 올 때에 – 그때에는 암만하여도 자기와 동행하는 사람이 있으리라 하였다. 그리고 그 동행하는 사람은 남자요, 키 크고 얼굴 반듯한 남자요, 미국서 대학교를 졸업한 남자라 하였다. 선형은 물론 일찍 그러한 남자를 본 적도 없고 그러한 남자가 있단 말도 못 들었거니와 하여간 자기가 미국서 대학교를 졸업하고 돌아올 때에는 반드시 그러한 남자가 자기의 동행이 되리라 하였다.

그러나 태평양 한복판에서 배 갑판 위에 그 사람과 서로 외면하고 서서 바다 구경을 하다가 배가 흔들려 제 몸이 넘어질 새 그 사람의 가슴에 넘어지면 어떻게 하나, 그러나 그것이 인연이 되어 본국에 돌아온 후 그 사람과 따뜻한 가정을 짓게 되는지도 모르겠다. 그리하고 벽돌 이층집에 나는 피아노 타고- 이러한 것이 영어를 배우기 시작한 선형의 꿈이었다. 그는 아직 큐피드의 화살을 맞지 아니하였다. 그의 가슴에는 아직 인생이란 생각도 없고 여자 남자라는 생각도 없다. 그는 전 세계는 다 자기의 가정과 같이 천하 사람은 자기와 같거니 한다. 아니! 차라리 전 세계가 자기네 가정과 같은지 아니 같은지, 천하 사람이 자기와 같은지 아니 같은지 생각하여본 적도 없다 함이 마땅할 것이로다. 그를 봄철 따뜻한 아침에 핀 꽃에 비길진댄 그는 아직 바람도 모르고 비도 모르고 늙음도 모르고 시들어 떨어짐도 모르는 바로 핀 꽃이라. 아무도 일찍 그에게 바람이란 것이며 비란 것이 있단 말과 혹 바람이란 것과 비란 것이 함께 오면 지금 핀 꽃도 떨어지는 수가 있고 다 피어보지 못한 꽃봉오리조차 떨어지는 수가 있다 하는 것을 일러준 적이 없었다.

그는 성경을 외웠다. 그러나 다만 외웠을 뿐이다. 그는 하나님이 아담과 에와를 만든 줄을 믿고 에와가 뱀의 꾀에 넘어 금한바 지식 열매를 따 먹으므로 늙음과 죽음과 온갖 죄악이 세상에 들어왔단 말과 천당과 지옥과 십자가에 달린 예수와 예수가 어찌하여 십자가에 달린 것을 성경에 쓴 대로 다 외우고, 또 날마다 보는 신문의 삼면에 보이는 강도, 살인, 사기, 간음, 굶어 죽은 자, 목을 매어 자살한 자 등 여러 가지를 알며 또 그 말을 친구에게 전하기까지도 한다. 그러나 그러할 뿐이다. 그는 그 모든 것 – 위에 말한 그 모든 것과 자기와는 전혀 관계가 없는 것이어니 한다. 아니! 차라리 그는 그 모든 것이 자기와 관계가 있는지 없는지 생각하려고도 아니 한다. 그는 아직 난 대로 있다. 화학적으로 화합되고 생리학적으로 조직된 대로 있는 말하자면 아직도 실지에 한 번도 써보지 아니하고 곳간에 넣어둔 기계와 같다. 그는 아직 사람이 아니로다. 그는 예수교의 가정에 자라남으로 벌써 천국의 세례는 받았다, 그러나 아직도 인생이라는 술세례를 받지 못하였다. 소위 문명한 나라에 만일 선형이가 났다 하면 그는 어려서부터-칠팔 세부터-혹은 사오 세부터 시와 소설과 음악과 미술과 이야기로 벌써 인생의 세례를 받아 십칠판 세가 된 금일에는 벌써 참말 인생인 한 여자가 되었을 것이라. 그러나 선형은 아직 사람이 되지 못하였다. 선형의 속이 있는 '사람'은 아직 깨지 못하였다. 이 '사람'이 깨어볼까 말까는 하나님밖에 아는 이가 없다.

형식은 김장로의 집에서 나왔다. 백운대 가로 이상한 구름장이 떠돌고 서늘한 바람이 후끈후끈하는 낯을 스쳐 지나간다. 형식은 시원하다 하였다. 아마 소나기가 지나가려는가 보다. 소나기가 지나가면 좀 서늘하여지리라 하였다. 그러고는 어서 소낙비가 왔으면 하였다.

형식은 아까 김장로의 집으로 들어갈 때와는 무엇이 좀 달라졌음을 깨달았다. 천지에는 여태껏 자기가 알지 못하던 무엇이 있는 듯하고 그 것이 구름장 속에서 번개 모양으로 번쩍 눈에 보였는 듯하다. 그리고 그 번개같이 번쩍 보인 것이 매우 자기에게 큰 관계가 있는 듯이 생각된다. 형식은 그 속에, 그 번개같이 번쩍 하던 속에 알 수 없는 아름다움과 기쁨이 숨은 듯하다고 생각하였다. 형식은 가슴속에 희미한 새 희망과 새 기쁨이 일어남을 깨달았다. 그리고 그 기쁨이 아까 선형과 순애를 대하였을 때에 그네의 살내와 옷고름과 말소리를 듣고 생기던 기쁨과 근사하다 하였다. 형식의 눈앞에는 지금껏 보지 못하던 인생의 일 방면이 벌어졌다. 자기가 오늘날까지 '이것이 인생의 전체로구나' 하던 외에 인생에는 다른 한 부분이 있고 그리하고 그 한 부분이 도리어 지금까지 인생으로 알아오던 모든 것보다 훨씬 중요하고 의미 있는 것인 듯하다. 명예와 재산과 법률과 도덕과 학문과 성공과- 이렇게 지금껏 인생의 가장 중요한 내용으로 알아오던 것 외에 무슨 새로운 내용 하나가 더 생기는 듯하다. 그러나 아직 형식은 그것에 이름 지을 줄을 모르고 다만 '이상하다' 하고 놀랄 뿐이었다.

그리고 사오 년 동안을 날마다 다니던 교동으로 내려올 때에 형식은 놀랐다. 길과 집과 그 집에 벌여놓은 것과 그 길로 다니는 사람들과 전신대와 우뚝 선 우편통이 다 여전하건마는 혁익은 그것들 속에 전에 보지 못한 빛을 보고 내를 맡았다. 바꾸어 말하면 모든 그것들이 새로운 빛과 새로운 뜻을 가진 것 같다. 길 가는 사람은 다만 길 가는 사람이 아니요 그 속에 무슨 알지 못할 것이 품긴 듯하며 두부 장사의 '두부 비지드렁 사료' 하고 외우는 소리에는 두부와 비지를 사라는 뜻 밖에 더 깊은 무슨 뜻이 있는 듯하였다. 형식은 자기의 눈에서 무슨 껍질 하나가 벗겨졌거니 하였다. 그러나 이는 눈에서 껍질 하나가 벗겨진 것이 아니요 기실은 지금껏 감고 오던 눈 하나가 새로 뜬 것이로다. 아까 십자가에 달린 예수의 화상을 볼 때에 다만 그를 십자가에 달린 예수로 보지 아니하고 그 속에 새로운 뜻을 발견하게 된 것이 이 눈이 떠지는 첨이요, 선형과 순애라는 두 젊은 계집을 볼 때에 다만 두 젊은 계집으로만 보지 아니하고 그것이 우주와 인생의 알 수 없는 무슨 힘의 표현으로 본 것이 이 눈이 떠지는 둘째요, 지금 교동 거리에 보이는 모든 것에서 전에 보고 맡지 못하던 새 빛과 새 내를 발견함이 그 셋째라. 그러나 그는 이것이 무엇인지 분명히 이름 지을 줄을 모르고 다만 '이상하다' 하는 생각과 희미한 기쁨을 깨달을 뿐이다.

형식은 방에 돌아와 잠시 영채의 일을 잊고 새로 변화하는 마음을 돌아보았다. 가만히 눈을 감고 앉았노라면 전에 보던 시와 소설의 기억이 그때 처음 볼 때와 다른 맛을 가지고 마음속에 떠 나온다. 모든 것에 강한 색채가 있고 강한 향기가 있고 깊은 뜻이 있다. 형식은 '내가 지금까지 인생과 서적을 뜻을 모르고 보았구나' 하였다. 그러고는 모든 기억을 다 끌어내어 지금 새로 뜬 눈에 비추어 보았다. 그리한즉 모든 기억에 다 전에 보지 못하던 새로운 색채가 보인다. 형식은 눈이 부신 듯이 빙그레 웃었다. 그리하고 책장에 늘어세운 양장 책들을 보았다. 자기는 다 알고 읽었거니 하였던 것이 기실은 알지 못하고 읽은 것임을 깨달았다. 형식은 모든 서적과 인생과 세계를 온통 다시 읽어볼 생각이 난다. 첫 페이지 첫 줄부터 온통 다시 읽더라도 '전에 읽은 적이 없구나' 하다시피 글귀마다 글자마다 새로운 뜻을 가지고 내 눈에 비치리라 하였다. 이렇게 생각하고 그는 책장에서 몇 권 책을 내어 전에 보던 데를 몇 군데 떠들어 보았다. 그리고 그 결과는 형식의 생각하던 바와 같았다.

8

8강 ●
필사적인 한국현대문학사 1960~1990

　김수영은 전쟁과 4.19, 5.16의 상처를 모두 경험한 시인이었다. 특히 그의 시 '풀'은 억압적인 권력의 탄압 속에서도 결코 죽지 않고 일어서는 민중의 생명력을 노래한 작품이다. 1960년 이승만이 장기집권의 야욕을 드러내자 학생들이 일어난 '4.19 학생운동' 또는 '4.19 혁명'은 우리 역사에서 처음으로 민중의 힘으로 독재를 몰아낸 역사적인 사건이었다. 그래서 당시에는 그 승리감과 그로부터 유발된 자유스런 분위기가 충만해져 있는 상태였다. 최인훈의 소설 '광장'도 이와 같은 자유로운 분위기 속에서 나올 수 있었다고 한다. 하지만 불과 1년여 만에 5.16 군사 쿠데

타를 맞게 되면서 그 승리감은 단숨에 절망감으로 뒤바뀌게 되었다. 황석영과 조세희 같은 리얼리즘이나 노동문학이 이후로 유행하게 된 가장 큰 계기였다.

1960년대에는 한글로 교육을 받은 '한글세대'가 작가로 처음 등장한 시기였다. 이전의 작가들은 일본어로 교육을 받았기 때문에 일본어로 생각하고, 일본어로 말하고, 심지어는 일본어로 작품을 쓰기도 했다. 60년대에 데뷔한 김승옥, 이청준과 같은 작가들의 작품에서는 그래서 한글의 아름다움을 가장 잘 느낄 수 있다. 김승옥의 '무진기행'과 '서울, 1964년 겨울'과 같은 작품들이 그렇다.

1970년 베트남 전쟁이 있었고, 1972년에는 박정희의 유신독재가 시작되었다. 황석영의 '한씨연대기'와 조세희의 '난장이가 쏘아올린 작은 공'은 1970년대에 주요하게 평가받는 작품이다.

1980년 5월 18일에는 광주민주화운동이 있었다. 이후로 많은 작가들이 광주의 이야기를 했지만, 유일하게 당시 광주 안에 있었던 작가가 바로 임철우다. 임철우는 장편 '봄날'을 완성하며 자신에게 중요한 문제였던 광주 이야기를 풀어놓았다. 우리 역사에서도 마찬가지지만 그것은 풀리지 않는 상처 같은 것이었다.

이성복, 황지우 같은 시인들도 이 시기에 등장했고, 기형도도 이 시기에 작품을 썼다.

1960

4.19는 한국이 새롭게 출발한 역사적인 사건이었으며, 60년대 문학의 출발점이기도 했다. 4.19 이후의 시기는, 모든 억압이 풀리고 자유롭게 이야기 하는, 이른바 지식인들의 천국이었다. 4.19 자체가 자유의 최대치를 보여준 사건이었기 때문이다. 4.19는 한마디로, 유토피아적 공간이었다고 한다. 그래서 60년대와 70년대 문학의 공통되는 주제는 4.19 정신의 표현이었다. 최인훈의 〈광장〉이 그러한 분위기 속에서 나온 최초의 작품이었다. 특히, 이 작품은 50년대 냉전적인 사고방식에서 벗어난 소설이라는 점에서 의미를 가지기도 한다.

그러나 4.19의 자유로운 분위기는 곧 저지당하고 만다. 박정희의 군사쿠데타가 그것이었다. 박정희는 근대화에 집중하는 경제정책으로 냉전과 반공을 강조했으며, 대기업과 수출위주의 성장위주 정책을 폈다. 이로 인한 사회 경제의 부조리는 이후 70년대까지의 소설들이 맞딱뜨린 현실이었다. 김승옥의 〈서울, 1964년 겨울〉 같은 작품은 자본주의의 모순에 대한 소시민적 반성과 비판을 보여주기도 한다.

1960년대는 우리말 교육을 학교에서 정식으로 배운 한글세대가 처음으로 문학사에 등장한 시기였다. 김승옥, 이청준, 서정인, 이제하 같은 작가들은 우리말의 아름다움을 최대치로 보여주었다.

50년대 후반 모더니즘을 탈퇴한 김수영은 이후 민중시의 중심에 선다. 4.19 정신을 온몸으로 표현해낸 신동엽 시인은 투철한 민족의식과 현실인식을 보여주었다.

최하림, 정현종, 오규원 같은 시인이 있었다.

1970

1970년대는 분단의 문제에 절실했던 시대라고 할 수 있다. 분단의 아픔을 어떻게 치유하고 극복할 것인가가 주요 화두였다. 황석영〈한씨연대기〉, 윤흥길〈장마〉, 김원일〈어둠의혼〉, 현기영〈순이삼촌〉, 천승세〈황구의 비명〉등이 분단을 주제로 한 작품이다.

이문구, 한승원은 효용론적 문학관 대두와 민중주의를 보여주었고, 윤흥길, 조세희, 황석영은 노동소설의 전통을, 김원일, 조정래, 전상국, 이동하, 현기영, 김성동, 김주영 등은 전쟁과 분단소설을, 박완서, 서영은, 오정희는 여성성의 안팎을, 김원우, 윤후명, 김원일은 반영론에 대한 반성을 보여주었다.

이 시기는 암울한 시기였던 반면에 문학에 있어서는 가장 열성적이었던 시대였다. 독재에 억압되어 있던 지식인들은 문학을 통하여 간접적으로 자신들의 의사를 표명했다고 한다. 전태일의 분신사건으로 말미암아 황석영의〈객지〉와 조세희의〈난쟁이가 쏘아올린 작은공〉(이하 난쏘공) 같은 노동문제의 소설이 쓰여지게 되었다.〈난쏘공〉은 현실을 직접적으로 쓰지 못하는 시대적 상황 때문에 '환상'이라는 간접적 방식으로 쓰여졌고, 이는 문학적 성과로서, 성공적이었다.

이문구의〈우리동네〉같은 농촌문제를 다룬 작품도 있었고, 박경리의 〈토지〉는 이 시기에 장편연재 되기 시작했다고 한다.

군부독재로 인하여 모더니즘 대신 민중시와 같은 리얼리즘이 발달했다. 이 시대에 등장해서 시를 쓰기 시작한 시인으로는 강은교, 김지하, 이시영, 김명인, 정호승, 김남주, 고정희, 이성복, 최승호, 문익환, 김혜순, 최승자 등이 있다.

1980

　1980년대는 문학적 세대교체의 시기였다고 한다. 매우 정치적 경향을 한 편에 두고 그와 맞서거나 상호작용을 하면서 저마다의 길을 열어가는 다양한 경향을 보였다. 방현석, 정화진, 김한수, 유순하 등은 민족문학론과 혁명적 정치성을 보여주었고, 김영현, 김남일, 공지영, 김인숙, 주인석, 공선옥, 김소진 등은 운동권 소설을 썼다. 이승우, 정찬, 이인성, 최수철 같은 관념파라고 할 수 있는 소설가들도 있었다.

　80년대를 두고 '민주화의 봄'이라고 표현하곤 한다. '광주'를 겪은 이후 출발하였기 때문에 막연하지 않은 이념 운동으로 변화할 수 있었던 것이다. 광주문제를 다룬 소설 〈봄날〉을 쓴 임철우는 이창동, 최인석과 함께 한국 소설에서 다양한 개성을 보여준 작가로 평가받는다. 특히, 임철우는 우리 현대사 갈피갈피에 숨어 있는 폭력의 실체 밝히기에 주력하기도 한다.

　광주를 다룬 작품으로는 임철우의 〈봄날〉 외에 최윤의 〈저기 소리없이 한점 꽃잎이 내리고〉와 공선옥의 작품들이 있다. 분단문제를 다룬 소설인 조정래의 〈태백산맥〉도 이 시기에 쓰여졌다.

　'시의 시대'라고 불리던 80년대가 낳은 스타 시인으로는 이성복, 황지우, 박노해, 기형도 같은 시인이었다. 김정환, 최두석, 곽재구, 안도현, 김용택, 도종환, 백무산, 장정일 등도 이때부터 시를 쓰기 시작했다.

최인훈 '광장'

최인훈, 《《광장》》 (문학과지성사, 한국문예학술저작권협회)

바다는, 크레파스보다 진한, 푸르고 육중한 비늘을 무겁게 뒤채면서, 숨을 쉰다.

중립국으로 가는 석방 포로를 실은 인도 배 타고르호는, 흰 페인트로 말쑥하게 칠한 삼천 톤의 몸을 떨면서, 물건처럼 빼곡히 들어찬 동중국 바다의 훈김을 헤치며 미끄러져간다.

석방 포로 이명준은, 오른편에 곧장 갑판으로 통한 사닥다리를 타고 내려가, 배 뒤쪽 난간에 가서, 거기 기대어 선다. 담배를 꺼내물고 라이터를 켜댔으나 바람에 이내 꺼지고 하여, 몇 번이나 그르친 끝에, 그 자리에 쭈그리고 앉아서 오른팔로 얼굴을 가리고 간신히 당긴다. 그때다. 또 그 눈이다. 배가 떠나고부터 가끔 나타나는 허깨비다. 누군가 엿보고 있다가는, 명준이 획 돌아보면, 쑥, 숨어버린다. 헛것인줄 알게 되고서도 줄곧 멈추지 않는 허깨비다. 이번에는 그 눈은, 뱃간으로 들어가는 문 안쪽에서 이쪽을 지켜보다가, 명준이 고개를 들자 쑥 숨어버린다. 얼굴이 없는 눈이다. 그때마다 그래온 것처럼, 이번에도 잊어서는 안 될 무언가를 잊어버리고 있다가, 문득 무언가를 잊었다는 것을 깨달은 느낌이 든다. 무엇인가는 언제나처럼 생각나지 않는다. 실은 아무것도 잊은 것은 없다. 그런 줄을 알면서도 이 느낌은 틀림없이 일어난다. 아주 언짢다. 굵은 밧줄을 한 팔에 걸치고 뱃사람이 지나가면서, 입에 물었던 파이프를 뽑아 명준의 가슴께를 두어 번 치는 시늉을 한 다음, 그 파이프로 선장실을 가리킨다. 명준은 끄덕여 보이면서 바다에 대고 담배를 획 던지고, 선장실로 가는 사닥다리 쪽으로 걸어간다.

선장은 비스듬히 앉아서 차를 마시다가, 들어오는 명준에게 다른 한 잔의 차를 턱으로 가리킨다. 구레나룻이 탐스런 그 얼굴은, 아리안 핏줄에서 좋은 데만 갖춘 듯, 거무스름하게 칠한 깎아놓은 토막을 떠올리게 한다. 앉으면서, 커피잔을 입으로 가져간다. 수용소에서 마시던 것보다 씁쓸한 맛이 나는 인도 차를, 별미라고 이렇게 가끔 불러서 내놓는다. 선장을 멍하니 쳐다보고 있던 눈길을 옮겨, 왼쪽 창으로 내다본다. 마스트 꼭대기 말고는 여기가, 으뜸 잘 보이는 자리다. 바다는 그쪽에서 활짝 펴진, 눈부신, 빛의 부채다.

오른편 창으로 내다본다. 거기 또 다른 부채 하나가 있고, 아침부터, 이 배를 지키는 전투기처럼 멀어지고 가까워지고 때로는 마스트에 와 앉기도 하면서. 줄곧 따라오고 있는 갈매기 두 마리가, 그 위에 그려놓은 그림처럼 왼쪽으로 비껴 날고 있다.

포로들을 데려가는 일을 맡아서 타고 오는 무라지라는 인도 관리는, 낮에는 하루 내 술이고, 밤이면 기관실 위에 붙은 키친에서 쿡을 우두머리로 벌어지는 카드 놀음으로 세월을 보냈고, 배 안에서 석방자들의 살림과 선장과의 오고 가기 따위는, 거의 명준이 도맡아서 보고 있다. 그의 영어는 그럭저럭 쓸 만했다. 처음 만나서 명준의 학력을 물을 때 ---University라고 배운 데를 댔더니, 선장은 대뜸 r자를 몹시 굴린 명준의 소리를 고치면서,

"아하 유니버시티라고요?"

'r' 소리를 죽여버린 밋밋한 소리를 해보였다. 영국에서 상선학교를 나왔다고 하면서, 이쪽이 알 턱이 없는, 영국 해군의 우두머리들을 누구누구 이름을 대가면서 같이 배웠노라고 했다. 그러나 그런 말에는 뭇 사람들의 구린내나는 제 자랑하는 투는 없고 어린애같이 맑은 데가 있다. 다른 나라 사람들을 사귀면서 느껴오는 일인데, 그들은 줄잡아 우리 사람보다 어린애다운 데가 있다. 그러면서 그럴 만한 데서는 또 어린애들 모양 고집통으로 떼를 쓰면서, 가볍게 몸짓을 바꾸지 못하는 것을 볼 때마다, 그들의 몸 속 성깔의 뼈대를 문득 짐작하게 된다. 홀로 선장뿐 아니라 뱃사람들도 쳐서, 이 배의 그들 석방자들에 대한 눈치에는, 어느 나름의 은근히 알아준다는 대목이 있다. 그 대목인즉 그들 석방자들이 제 나라 어느 한쪽도 마다하고, 낯선 땅을 살 곳으로 골랐다는 데서 제 나라에서 쫓긴 수난자 같은 모습을 저희들대로 그려낸 탓인 모양이다. 이런 저런 일로 그런 눈치를 채게 될 때마다 턱없는 몫을, 눈을 지레 감으며 받아들이고 있는 듯한 부끄러움을 맛본다. 부끄러워하는 자기가 혀를 차고 나무라고 싶게 못마땅하다. 그 마음을 다 파헤치면 뜻밖에 섬뜩한 무엇이 튀어나올 것 같아 두루뭉술한 손길로 얼버무려온다.

"어때요 느낌이? 기대, 두려움?"

"아무것도, 아무 생각도 없어요."

명준은 고개를 젓는다. 선장은 연기로 동그라미를 만들어 훅 뿜어내면서 가볍게 웃는다.

'허긴, 나로선 알 수 없는 일이야, 자리 나라 어느 쪽으로도 가지 않고 생판 다른 나라로 가 살겠다는 그 일이 말이지. 부모나 가까운 핏줄이라든지, 아무도 없소?"

"있어요."

"누구? 어머니?"

"아니."

"아버지?"

명준은 끄덕이면서 왜 어머니부터 물어보게 될까 그런 생각을 한다.

"애인은?"

명준은 얼굴이 그렇게 알리도록 금시 해쓱해진다. 선장은 당황한 듯이 오른손 인지를 세우고 고개를 까딱해보이면서,

"미안, 미안"

아픈 데를 건드린 실수를 비는 그런 품에 그들로서는 버릇인지 모르나 퍽 분별 있는 사람의 능란한 몸짓이 얼핏 스친다. 선장을 잠시나마 거북하게 해서 안됐다. 양쪽으로 트인 창으로 바람이 달려들어와서, 바늘로 꽂아놓은 해도의 가장자리를 바르르 떨게 한다. 갈매기들은 바로 옆을 날면서 창으로 테두리진 넓이를 내려가고 치솟으며, 맞모금을 긋고 배꼬리 쪽으로 휙 사라지곤 한다. 햇빛이 한결 환해지면서 멍한 느낌이 팔다리를 타고 흘러간다. 먼 옛날 그의 초라한 삶에서 그래도 무겁다고 해야 할 몇 가지 일들이 다가올 때도 그렇더니…… 애인은? 그 말이 아직 이토록 깊고 힘센 울림을 지니고 있다는 것은,

9

9강

필사적인 한국현대문학사 2000~2015

1989년 11월 9일 베를린장벽이 붕괴되며 세계의 냉전시대가 종식되었다. 분단국가라는 특수한 환경은 달라지지 않았지만, 우리 문학에서도 리얼리즘에서 포스터모더니즘으로 흐름이 점차 변화해나갔다. 신경숙과 윤대녕은 이러한 시대에 처음 등장했던 작가들이다.

90년대 후반에는 김영하와 같은 젊은 작가들이 등장했다. 김영하의 '삼국지라는 이름의 천국'은 현실과 이상 사이에서 방황할 수밖에 없는 당시 젊은이들의 모습을 그리고 있다. 1998년 I.M.F 외환위기라는 사회적 상황이 반영되어 있기도 하다.

2000년 6월 15일. 역사적인 남북정상회담이 있었다. 독재시대가 마감하고 최초의 수평적 정권교체가 있은 후의 일이었다. 반면에 세계는 미국의 패권주의와 함께 종교적 갈등이 심화되고 있었다. 9.11테러는 그러한 갈등으로 인해 빚어진 사건이라고 할 수 있다. 이런 분위기 속에서 박민규의 '지구영웅전설' 같은 작품이 나왔다.

　2000년대 들어서 새로운 시적 흐름이 생겨났는데, 일부에서는 '미래파'라는 이름으로 부르기도 했다. 황병승, 김경주, 김민정 같은 시인들이 그 흐름을 주도해나갔다.

1990

　1990년대는 문학사가 크게 요동치는 시기였다. 현실사회주의 권의 몰락과 냉전체제가 종식되는 시기였기 때문이다. 그로 인해 거대서사와 리얼리즘이 급속한 퇴조현상을 보이기도 한다. 이 시기의 특징으로는 영상매체가 문화의 중심이 되었다는 것과, 상품으로서의 문학이 주류가 되었다는 것을 들 수 있다.

　정치성이 약화되었고, 서사성이 약화되었다. 대신에 심리묘사가 세밀해졌고, 반영론적 창작방법은 후퇴했다.

　겉으로는 말놀이 재미를 노리는 언어유희로 일관하는 가벼운 문학 같지만 그 안쪽은 전혀 그렇지 않았던 성석제, 대상 안팎에 대한 섬세하고 깊은 응시를 보여준 신경숙, 신화적 상상력과 포스트모더니즘을 보여준 윤대녕이 대표적인 작가로 꼽히며, 이윤기, 장정일, 김영하, 은희경 같은 소설가들이 나왔다.

　장석남, 김중식, 유하, 진이정, 김영승, 함성호, 김기택, 나희덕, 손택수, 허수경, 함민복, 김선우 같은 시인들이 있었다.

90년대 후반의 김영하와 김연수 같은 소설가들이 계속해서 작품을 발표했고, 강영숙, 배수아, 천운영, 윤성희, 편혜영, 김애란 같은 여성 소설가들이 약진을 보였다. 김훈이 역사소설로 큰 인기를 끌기도 했으나, 그가 보여준 역사인식에 대해서는 비판의 목소리도 있었다.

박민규 등과 같은 작가에 의해 장르문학과의 결합이 시도되기도 했다. 미디어의 발달로 인하여 영화적 상상력이 포함된 작품들이 많이 나왔으며, 서사성을 탈피한 실험적인 작품을 쓰는 등의 이전과는 다른 개성적인 젊은 작가들이 나오기도 했다.

'미래파'라고 불리는 젊은 시인들이 등장했는데, 황병승, 김경주, 김민정, 조동범, 강성은 같은 시인들이었다. 신해욱, 김근, 심보선 같은 시인들이 있다.

김영하 '삼국지라는 이름의 천국'

김영하, 〈삼국지라는 이름의 천국〉《〈호출〉》(문학동네, 1997)

처음 게임을 시작할 때, 컴퓨터는 묻는다. 어느 제후를 선택하시겠습니까? 유비, 조조, 손권, 동탁, 유장 등 여러 제후 중에서 그는 언제나 유비를 선택하곤 했다. 게임 매뉴얼에는 조조나 손권을 선택해야 쉽게 천하를 통일할 수 있다고 나와 있었다. 왜냐하면 조조나 손권 휘하에는 뛰어난 장수가 처음부터 많이 있기 때문이었다. 그러나 유비 휘하에는 단 둘밖에는 없다. 관우와 장비가 그들이다. 나머지 장수들은 게임을 하는 동안 생포하거나 회유하는 등의 방법으로 데려와야만 한다. 그러므로 유비를 선택하게 되면 어려움이 많다. 유비는 전투력도 손권이나 조조보다 약할뿐더러 지력도 떨어진다. 숱한 어려움을 겪는 동안 관우와 장비는 언제나 그와 함께 있어주었다. 지난 형주성 전투에서 관우를 잃기 전까지는 말이다. 그 관우가 이제는 조조의 편이 되어 그를 공격하러 온 것이다. 그는 다시 관우의 신상명세를 불러와본다. 현재 관우의 지력은 98, 전투력 99, 카리스마는 99이다. 게임의 모든 장수의 능력은 이 세 가지 척도로 표현된다. 도원결의 따위는 입력되지 않는다. 그는 마지막 희망을 걸고 관우에게 귀순 의사를 타진해본다. 결과는 거절이다. 이제는 싸우는 수밖에 없다. 그러면서도 마음 한구석에 이는 분노와 서운함은 어쩔 수 없다.

관우는 남쪽으로 곧장 진군해와 장비를 공격했다. 장합은 산둥성으로 들어가서 위연과 합류, 농성에 들어갔다. 이제 남은 길은 관우를 생포하는 길밖에는 없다. 관우 쪽을 보니 현재 아군은 장비와 태사자 둘이고, 적군은 관우, 안량, 문추, 셋이다. 관우와 장비가 일전을 벌이고 있는 한편에서 태사자와 안량, 문추가 일전을 벌이고 있다. 산둥성에서는 마초와 조자룡, 주유가 삼면에 걸쳐 위연과 장합을 대적하고 있었다.

그는 산둥성 공략에 참가하고 있는 조자룡과 마초로 하여금 말머리를 돌려 관우를 포위 공격하도록 했다. 게임의 정석대로라면 산둥성으로 병력을 집중시켜야만 한다. 성만 점령하면 전쟁에서 승리하기 때문이었다. 그러나 관우에 대한 배신감이 너무 강했다. 그를 사로잡아야 한다. 잡아서 다시 자신의 사람으로 만들고야 말겠다는 일념이 합리적 판단을 흐리고 있었다.

촉의 군대가 모두 관우 공격에 집중되자 오나라의 군사들은 산둥성 공략에 나섰다. 당연한 일이었다. 오나라, 위나라 모두 컴퓨터에 의해 움직이는 것이므로 그들은 프로그래밍된 대로, 정석대로 움직이기 때문이었다. 그러나 관우는 역시 관우였다. 가을이 되어 날씨가 건조해지자 화공을 전개하여 장비를 공격하고 불길이 번지자 북동쪽으로 빠지면서 조자룡을 쳤다. 관우가 장비에게 불을 놓다니. 우울했다. 이건 게임일 뿐이라는 생각은 그의 머릿속에 들어서지 않는다. 마침내 그는 중군에 있던 제갈량마저 관우 공략에 투입한다. 안량과 문추는 전투력이 약한 제갈량을 협공한다. 상황은 점차 불리해진다.

후기

● 너에게 보내는 글

　일 년이 지났어. 그동안의 계절은 보내지 못한 편지들 안에서 저물고 있어. 나는 여전히 콜드플레이의 음악을 듣는다. 너를 처음 만났을 때를 기억해. 커다란 창문이 있는 카페에서 너는 책을 보고 있었어. 어떤 책이었을까. 황병승의 시를 좋아한다는 너를 위해 황병승 같은 시를 쓰고 싶었지. 화천. 눈 쌓인 붕어섬의 나뭇가지들이 기억나. 햇살은 차가워진 나뭇가지 위로 살포시 내려앉고 있었지. 이후로 나는 기억하고 싶은 순간들마다 나무를 보는 버릇이 생겼어. 이후로 나는 숲처럼 많은 나무들을 보았다. 크고 깊은 나무 그 속에 깃든 어둠과 햇살, 음악과 중얼거림, 봄과 가을, 엇갈림과 기다림을, 보았다.
　'필사적인 글쓰기'는 나의 어린 시절과 너와의 기억들을 지나, 다시 내일을 생각하며 쓴 책이다. 단순히 글쓰기에 대한 방법론이 아니라, 절실함에 대한 깨우침이 되게 하고 싶었다. 이 책을 읽는 우리는 이제 절실함의 바이러스에 전염된다. 어떻게 하면 이 바이러스에 온몸을 내던질 수 있을까. 어떻게 하면 절실해질 수 있을까. 미친 듯이 읽고 미친 듯이 쓰고 미친 듯이 미치면 된다. 이 세 가지 사실만 알면, 이 책은 구입할 필요가 없었다. 그래서 후기에 적는 것이다.

책을 쓴다고 하니 아버지께서 많이 염려해 주셨다. 죄송하고 감사할 따름이다. 아직 무르익지 않은 내가 독자들 앞에 글쓰기 책을 들고 나오게 되었으니 나 또한 나 자신이 염려스럽기는 마찬가지다. 그러나 내일에는 또한 많은 새로운 일들이 기다리고 있을 것 같아 기분이 좋다. 송산고에서의 강의가 없었다면 이 책은 생각조차 할 수 없었을 것이다. 선생님들과 학생들에게 감사의 인사를 전한다. 그리고 '필사적인 글쓰기'의 토대가 되어주신 나의 선생님들께 이 부끄럽고 송구스런 마음이 오해 없이 전달되었으면 좋겠다.

2015년 12월 25일

김새봄

초판 1쇄 발행 2015년 12월 25일
2쇄 발행 2025년 11월 5일

필사적인 글쓰기 (특강)

지은이 | 김새봄
펴낸이 | 김새봄
펴낸곳 | 새봄출판사
등록 | 2009년 2월 5일 제553-2009-00002호
주소 | 경기도 화성시 봉담읍 와우안길 109 화성유통밸리 109동 211호
편집/디자인 | 070-4641-8402
영업 | 031-294-8402
팩스 | 031-294-8401
이메일 | sbvision2010@naver.com
블로그 | blog.naver.com/sbvision2010

인쇄 | 새봄인쇄사
본문 편집 | 디자인에스비

ISBN : 979-11-955194-77 03800

※ 이 책 내용의 전부 또는 일부를 재사용하려면 반드시
새봄출판사의 동의를 받아야 합니다.
※ 책값은 뒤표지에 표시되어 있습니다.